U0165663

破格

臺灣現代詩評論集

楊宗翰 著

五南圖書出版公司 印行

破格以求詩

　　本書是我第六部專著，也是自2015年8月進入淡江中文系任教後的第三本書。與前作《逆音：現代詩人作品析論》（2019）跟《異語：現代詩與文學史論》（2017）相較，這本《破格：臺灣現代詩評論集》僅有十萬字，但仍分為「上卷：論詩」與「下卷：說書」兩部分。上卷所論，涵蓋了詩社詩刊、世代研究、現代詩史、香港詩人、年度詩事、區域文學、追憶名家、新詩百年、地誌詩學這九項主題；下卷所錄則屬於以一本書為對象，在媒體發表篇幅限制下寫就之文。議題寬窄、篇幅長短或許有別，但畢竟都是以文字呈現出我對臺灣現代詩的研究考察，乃至介入參與之足跡。

　　書名取為「破格」，一來是因為我心中理想的現代詩，就該打破約束、突破常規且不拘成格。二來思及現代詩曾長期被質疑是否該有「格」的設定、限制抑或要求（在跟古典詩對照時，一「格」之別尤為明顯）。三來無論作者、讀者還是評論家，普遍都很在意現代詩的外在格式、聲調格律還有藝術風格。詩人何其多，有能作佳言錦句者，固然可喜；唯我對其中有意破格創體，堪稱「文體家」的詩人，更覺可敬——破格以求詩，誰云不宜？

楊宗翰

2020年4月1日　寫於肺炎疫情威脅下的淡水

CONTENTS
目　錄

上卷

論詩

一九八〇年代臺灣新興詩社／詩刊特質析論

一、

　　臺灣走過一九七〇年代的外交困局（退出聯合國、臺美斷交、臺日斷交等）與內部變貌（政府推動十大建設、爆發美麗島事件等），在國族危機、民主衝擊與經濟發展的交互影響下，激發了振興傳統與省思自身的改革意識。在此背景下，新詩亦嘗試擺脫過往現代主義之晦澀詩風，趨於現實主義之明朗訴求。到了一九八〇年代，由於白領階級勃興、文教日漸普及，加上舉國朝向都市化發展與區域化集中，造就了人文情境的丕變與民間社團的競起，亦對自由民主、生態保育、勞工安全、社區發展等重大議題皆勇敢提出主張。譬如隸屬行政院的「文化建設委員會」、民間自發的「消費者文教基金會」於此時期成立，而1984年由政府頒布「勞動基準法」，1985年核四廠停建（因貢寮民眾強烈反對，時任總統的蔣經國指示行政院暫緩興建），1986年執政黨與黨外人士的黨政協商過程，都是八〇年代臺灣的關鍵事件。隨後1987年的解除戒嚴、1988年的開放報禁，則堪稱對言論、發表、傳播、創作與譯介影響最爲深遠，文學組織與報刊雜誌自此解禁，朝向百花齊放、紛繁多元之途。[1] 報禁解除後，平均每天都有一家新聞相

---

[1]　戒嚴令頒布於1949年5月19日，宣告自次日零時起在臺灣省全境實施戒嚴，1987年7月15日才正式解嚴，竟持續了長達38年又56天。「前線」金門與馬祖甚至到1992年11月7日，才正式結束長達43年的戒嚴。此外，1987年12月1日由新聞局宣布，自次年1月1日起開放報禁，解除報紙限證爲29家、每份限制三大張、限印於發行地點內之規定。

關機構成立，不難想見彼時群眾對資訊的熱切渴望，以及新興媒體的勃發朝氣。

　　八〇年代是臺灣社會劇烈變動的年代，也是詩社／詩刊跟政經局勢牽扯最深的年代。其實早於解除戒嚴與開放報禁之前，便可見到詩人積極介入、參與黨外民主運動，特意考掘三〇年代的中國新詩左翼系譜，翻譯外國弱小民族作家代表性詩篇。詩壇中人也親睹神州詩社溫瑞安、方娥眞被控「爲匪宣傳」，最終遭受驅逐出境的結局。政治已是彼時詩人不可逃避、也無從逃避的焦慮，且出於對現實的反思關懷，政治詩赫然成爲新詩重要創作類型。誠如焦桐所述：

> 普遍採寫實手法的政治詩，可以視爲現代詩刊對現實感尖銳化的重要指標。隨著民主運動蓬勃發展的政論雜誌如《八〇年代》、《關懷》、《暖流》、《夏潮論壇》、《臺灣新文化》均開闢篇幅刊載政治詩。影響所及，《臺灣文藝》、《陽光小集》先後製作政治詩專輯，《掌握》的風格亦爲之丕變。高度的政治、社會關懷，使得政治、老兵、環保等主題紛紛在詩刊得到突顯，《陽光小集》第九期、《掌握》第十、十一期合刊及每一期的《春風》，都超過當局所允許的言論尺度，遭到警備總部和新聞局的查禁。[2]

　　由政論雜誌特闢園地刊登新詩，與詩刊因言論尺度遭受查

2　焦桐：《臺灣文學的街頭運動（一九七七～世紀末）》（臺北：時報，1998），頁277。

禁，不難想見政治與新詩兩者在八〇年代如何緊密相繫；但八〇年代同時也是一般民眾對新詩接受度的高峰，譬如席慕蓉兩部詩集《七里香》、《無怨的青春》不斷重印，便締造了空前的暢銷紀錄。[3] 值得注意的是，前引文中提到的刊物與五、六〇年代創辦的「現代詩」、「藍星」、「創世紀」、「笠」四大詩刊之間，存在著不同文學世代的競爭角力，我認為應以「新興詩社／詩刊」統稱命名。這些組織與刊物自七〇年代起萌生，多由大專院校青年創辦，力圖擺脫現代主義之淒清蒼白與晦澀詩風，催生許多新人新作。參與其中、逐漸成長的「戰後世代」[4] 青年詩人，一方面努力重振民族文化，一方面嘗試回歸鄉土與關照現實，並亟欲透過社會實踐及參與改革，逐步介入國內現實、重建傳統文化。前行代詩人的「西化」傾向、對歐美現代主義及其價值判準的全盤認同，便成為「戰後世代」詩人及所創詩社／詩刊檢討批判的主要目標。晦澀聲牙、惡性西化、逃避現實……這些過往詩潮流弊皆被揚棄，「世界性」、「超現實性」、「純粹性」等現代主義主張，也改為朝向「民族性」、「社會性」、「世俗性」等現實主義路線。他們轉化日常生活為書寫題材，主張詩語言應明朗可解，重拾民族意識及文化傳統。在創作上反映大眾心聲，在題材上擁抱土

3　席慕蓉第一跟第二部詩集《七里香》、《無怨的青春》，在臺灣由大地出版社分別於1981、1983年印行；在大陸由花城出版社於1987年推出簡體版，以印刷量統計已逾百萬冊。僅臺灣在2000年由圓神出版社重新編印再版前，大地版《七里香》與《無怨的青春》版權頁所載合計亦超過一百刷（唯每刷印量向來是各社機密，外人不得而知）。

4　七〇年代的新興詩社／詩刊，創辦者多為第二次世界大戰戰後出生的青年詩人，故可稱之為「戰後世代」詩人。就連六〇年代便成立的笠詩社，也在李敏勇（1947-）、江自得（1948-）、鄭炯明（1948-）、陳明臺（1948-）等戰後世代詩人加入後，增添了更多創新與批判的因子。

地現實，在意識上呈現城／鄉原型及兩者變遷……這些七〇年代臺灣新興詩社／詩刊與「戰後世代」的存在，已然是探討臺灣新詩史時，不應也無法漠視的重要面向。[5]

　　雖然跟七〇年代一樣受限於缺乏經費、社員游離、組織鬆散等因素，導致往往如流星般倏起倏落；但是解除戒嚴、開放媒體、朝向都市、中產階級，這四者還是讓八〇年代誕生的新興詩社／詩刊產生了迴異於前的面貌。

二、

　　作為研究工作的起點，筆者首先蒐集、整理可見資料（紙本出版品），試擬出一份八〇年代臺灣新興詩刊年表。資料來源除了私人典藏與陸續購置，還包括以下五處：國家圖書館館內典藏、文訊「文藝資料研究及服務中心」藏書、張默編《臺灣現代詩編目》修訂版、陳建忠與沈芳序合編之〈臺灣新文學雜誌之年表初編（一九二五～二〇〇三）〉，以及《文訊雜誌》第213期「臺灣文學雜誌專號」。[6]

一九八〇年代臺灣新興詩刊年表

1980年	
1月	《大雨童詩刊》於板橋創刊，為雙月刊，僅出兩期。
	《風箏童詩刊》於屏東創刊，為半年刊。

5　更進一步的說明，可參考楊宗翰：〈一九七〇年代臺灣新興詩社／詩刊特質析論〉。收入楊宗翰編：《交會的風雷：兩岸四地當代詩學論集》（臺北：允晨文化，2018），頁253-280。

6　張默編：《臺灣現代詩編目（1949-1995）》（臺北：爾雅，1996，二版）。陳建忠與沈芳序合編：〈臺灣新文學雜誌年表初編（一九二五～二〇〇三）〉，《文訊雜誌》第213期（2003年7月），頁119-137。後者另有網路版，八〇年代部分可參見http://memory.ncl.edu.tw/tm_new/subject/literature/80date.htm。

4月	《布穀鳥》兒童詩學季刊於臺北創刊，發行人林煥彰、舒蘭。
12月	《門神》於高雄創刊，掌門詩社發行。
1981年	
3月	《陽光小集》自第五期改為詩雜誌型態。
5月	《掌握詩頁》藉嘉義《商工日報》副刊創刊，何郡主編。
7月	《時報詩學月誌》藉《臺灣時報》副刊版面創刊，共有六期。
8月	《腳印》於高雄創刊，腳印詩社發行。
	《山城詩訊》創刊，共出刊六期，採免費贈閱形式。
1982年	
1月	《涓流》創刊，涓流詩社印行，共出版五期。
3月	《漢廣》於臺北創刊，主編路寒袖，東吳大學漢廣詩社發行。
	《掌握》在嘉義創刊，黃能珍、方俊成、何郡主編。「掌握詩社」由何郡在青年節發起籌組，集結了嘉南地區十一位詩友而成。
6月	《現代詩》於臺北復刊，由現代詩季刊社印行。
10月	《詩人坊》於臺北創刊，發行人賈樂平，社長謝秀宗。
11月	《漢廣詩頁》藉《中國晚報》副刊創刊，主編巴陵野。
12月	《詩友》季刊於雲林北港創刊，由陳建宇執編。
1983年	
1月	《洛城》由謝建平、陳維都、雨籬等人於臺南大內創辦，四開報紙型季刊。1986年於臺中《民聲日報》副刊另闢《洛城詩窗》。
3月	《心臟》於高雄創刊，主編朱沉冬。
	《田園》於臺北創刊，社長吳紹華，主編劉麗芬。
6月	《臺灣詩季刊》於臺北創刊，林白出版社印行，乃林佛兒獨資經營。
	《詩畫藝術家》於臺北創刊，主編德亮。

7月	《春秋小集》藉嘉義《商工日報》副刊創刊，由李瑞騰、焦桐主編。
10月	《天水》於臺北創刊，以報紙形式出刊。由參加「復興文藝營」的大專生所組成，社名取「黃河之水天上來般綿延不絕」之意，象徵創作靈感與友誼長長久久。
11月	《詩人季刊》復刊，社長蘇紹連，主編陳義芝。
1984年	
3月	《晨風》於高雄創刊。
4月	《春風》詩叢刊於臺北創刊。
5月	《傳說》創刊。
6月	《空間》於臺中創刊，為東海大學寫作協會刊物。
	《鍾山》於臺北創刊，由鍾山詩社發行。
	《晨潮》於高雄創刊，為正修工專學生刊物。
10月	《藍星詩刊》由九歌出版社印行，為藍星詩社後期詩刊，共三十二期。
1985年	
1月	《南風》於臺北創刊，為東吳大學文藝研究社刊物。
2月	《詩評家》於臺北創刊。
5月	《四度空間》於臺北創刊，社長林婷，主編林美玲。
6月	《五陵》創刊。
9月	《地平線》於臺北創刊，推出「實驗號」。總編輯許悔之，為跨校性校園詩刊。
1986年	
1月	《握星》創刊。
	《季風》創刊。
4月	《珊瑚礁》於臺北永和創刊，主編李忠憲。
6月	《我們的詩》創刊。

8月	《匯流》於臺北創刊，同仁有吳明興、侯吉諒、田運良等。
9月	《象群》於臺北創刊，象群現代詩社主編發行。
12月	《兩岸詩叢刊》於臺中創刊，由苦苓、蔡忠修、天洛、徐望雲等人發起。
1987年	
1月	《海鷗》於屏東發行，為《海鷗詩頁》之復刊。
3月	《新陸詩刊》創刊，發行至第四期後調整刊名，第五期（1988年12月）起改以《新陸現代詩誌》為名。
	《薪火》3月發行創刊號，6月發行第一期，社長李秋萍，主編陳皓。
9月	《曼陀羅詩刊》於臺北創刊。
1988年	
10月	《長城詩刊》於臺北創刊，社長涵珏，主編李渡愁。
11月	《海風》創刊於桃園中壢。
12月	《風雲際會》創刊，共發行四期，田運良主編。
1989年	
5月	《逆時鐘》於臺北泰山創刊，為明志工專學生刊物。。
6月	《詩壇》於臺北創刊，出版一期後停刊。
	《五嶽詩刊》於高雄創刊，主編黃櫺雅。
9月	《新詩學報》於臺北創刊，發行人鍾鼎文，主編綠蒂、劉菲。

　　由上表可知，八〇年代的臺灣新興詩刊超過五十種，且除了少數例外，其運作多有賴刊物背後的詩社組織支撐。有了年表作為參照，倘若以影響力、突破性、訴求新三者作為判斷標準，可選出以下八家臺灣八〇年代詩社／詩刊作為代表（按：括弧內為創立年）：「漢廣」（1982年）、「春風」（1984年）、「四度空間」（1985年）、「地平線」（1985

年）、「兩岸」（1986年）、「新陸」（1987年）、「薪火」（1987年）、「曼陀羅」（1987年）。[7]先將這八家詩刊基本資訊，整理如下：

詩刊名稱	總期數	創刊時間	性質	創辦地	停刊時間
漢廣	共十三期	1982年3月	雙月刊	臺北	至1984年5月。
春風	共四期	1984年4月	五個月一期（1984.09、1985.02、1985.07）	臺北	至1985年7月。
四度空間	共八期	1985年5月	季刊	臺北	至1987年8月第七輯後休刊，1994年12月出版第八輯「唯情是問」。
地平線	共十二期	1985年9月	不定期，平均約半年出版一期	臺北	推出「實驗號」後，1985年11月方印行第一期。1990年12月出版第十一期後休刊。
兩岸	共三期	1986年12月	不定期，平均約半年出版一期	臺北	採「詩叢書」形式發行，第二期（集）於1987年5月推出，第三期（集）於1987年10月推出。原欲規劃在第四期（集）推出「當代色情詩大展」等專題。

7　楊宗翰〈一九七○年代臺灣新興詩社／詩刊特質析論〉一文，同樣是以影響力、突破性、訴求新三者作為判斷標準，選出八家七○年代新興詩社與詩刊：「龍族」、「陽光小集」、「草根」、「風燈」、「長廊」、「後浪」、「詩人季刊」與「秋水」。見楊宗翰編：《交會的風雷：兩岸四地當代詩學論集》（臺北：允晨文化，2018），頁268。

詩刊名稱	總期數	創刊時間	性質	創辦地	停刊時間
新陸	共十三期	1987年3月	不定期，自第九期起改為平均一年出版一期	臺北	發行至第四期後調整刊名，第五期（1988年12月）起改以《新陸現代詩誌》為名。1996年3月停刊。
薪火	共十七期	1987年3月	季刊	臺北	1987年3月出版「創刊號」，6月出版「第一期」。第十一、十二期為一冊合刊（1991年8月），出版至第十六期（1994年8月）後停刊。
曼陀羅	共十期	1987年9月	季刊	臺北	至1991年9月。

　　繼而在此基礎上，進行「動態」的邀約同仁座談與「靜態」的資料整理建檔。座談共舉辦五場，邀請昔日各家詩社重要成員與會，並於其間尋找說法斷裂處及回憶差異點。[8]資料整理則力圖重建八家詩社之發行人、創辦者、成員名單，整理八家詩刊之發刊辭、編輯群、作者群、專輯企劃。採取逐刊、

8　五場座談皆於文訊雜誌社會議室舉行，由楊宗翰設計提問與負責主持。各場次分別為：2018年1月2日《春風》詩刊座談會（與談人：李疾、陸之駿、楊渡、詹澈、鍾喬）、2月26日《四度空間》詩刊座談會（與談人：王幼嘉、田運良、林婷、郭玉文、陳克華）、3月26日《新陸》詩刊座談會（與談人：紀小樣、張國治、張遠謀、楊平、魏秀娟）、4月30日《地平線》詩刊座談會（與談人：林志隆、許悔之、黃中宇、羅任玲、顧蕙倩）、5月30日《薪火》詩刊座談會（與談人：李秋萍、林群盛、莊源鎮、陳皓、謝筠、顏艾琳）。

逐期、逐頁的編目建檔，確認各篇名稱及相對應之頁碼。在編目時特意延續國立臺灣文學館之「臺灣文學期刊目錄資料庫」（http://dhtlj.nmtl.gov.tw）原有架構，採取相同的檢索欄位設定，包括：

    ㈠期刊基本資料：創刊時間、停刊時間、起迄卷期、刊期、出版地、發行單位、主編、創刊號書影（或主要專號、專題書影）。

    ㈡期刊提要撰寫：期刊（詩刊）提要、創刊緣起（沿革略述）、宗旨或發行旨趣、主要特色、編輯風格、重要專輯或專題之影響及貢獻。

    ㈢各期細目建檔：卷期（號）、出版年月、專（特）輯（號、題）、專欄、篇名、著（編、譯）者、頁碼。

    如此當可稍微彌補「臺灣文學期刊目錄資料庫」暫停於五〇年代上架／六〇年代編成的遺憾。[9]筆者想方設法欲讓八〇年代詩作歸位、詩刊重現、詩人顯影，除了欲從中理解各家新興詩社／詩刊之特質及通性，也盼能提供其他學者後續研究所需，為日後重構臺灣詩學發展脈絡，儲備一些可用的知識／資源。這項工作之價值當不限於「保存文獻」、「搶救孤本」，

---

[9]　該資料庫「計畫緣起」處寫道：「自2009年5月起至2011年12月，完成二階段日治時期（1910-1945）與戰後初期（1945-1949）共56種文學期刊，目前進行編製第三階段五〇年代40種文學期刊中。」據悉六〇年代部分已完成編製多年，唯迄今仍未上架公布。見「資料庫說明」網頁http://dhtlj.nmtl.gov.tw/opencms/database.html。

而是透過對詩社／詩刊史料的逐頁考訂及辨偽核實，讓臺灣新詩研究擺脫對「印象」、「傳抄」、「據說」的依賴。同一類型工作，筆者曾從七○年代的八家新興詩社／詩刊出發，迄今已建立了資料條目檔5607筆、資料文件檔95088字。[10] 建檔時之篇章順序，乃是以原刊目次為基礎，再參照正文逐一校勘。有必要時則適當加註按語，並補正闕漏或疑誤之處。凡遇衍、脫、誤字等狀況必標示說明，力求齊備。各期詩刊上見到的任一則按語、廣告或標題皆輸入建檔，務求讓所有訊息無分大小，皆可以數位資訊樣貌重現，俾利於學術界或研究者日後檢索之用。

三、

　　八○年代極具代表性的這八家新興詩社／詩刊，成立背景與發展分別為：

㈠「漢廣」：創立於1982年3月，名稱源於「漢之廣矣，不可泳思」（《詩經・周南・漢廣》），道出男子追求女子的情思。社長路寒袖於發刊詞中說，「漢廣」二字為「發抒中華民族之情思，廣大包容各種風格」，點出「漢廣」的古典意味與包容性。漢廣成員多來自東吳大學，但也有輔仁大學、中國醫藥學院、文化大學等大專院校學生。年輕的「漢廣」詩人，在前輩詩人所奠基的土地之上，持續以詩歌沖積出新世代的沃土。

㈡「春風」：期望穿越政治嚴冬的春風詩社組成於1982年，

---

10 陽光小集：1003筆，22886字。龍族：565筆，9835字。草根：504筆，7117字。風燈：1014筆，7278字。長廊：685筆，1862字。後浪：241筆，4432字。詩人季刊：469筆，1534字。秋水：1126筆，40144字。

發起人有楊渡、詹澈、鍾喬等，期望能以詩歌改變社會。1984年《春風》詩刊正式發行，從發刊詞〈「詩史」自許‧寫出「史詩」〉可知《春風》的自我期許。自1984年至1985年，《春風》共發行了四期，每期均以專輯方式呈現，分別爲：「獄中詩特輯」、「美麗的稻穗——臺灣少數民族與傳說」、「海外詩抄」、「崛起的詩群——中國大陸朦朧詩專輯」。每個專題規劃都碰觸到解嚴前的臺灣政治敏感神經，也因此每期都遭政府查禁。

㈢「四度空間」：立足當下，前瞻未來的「四度空間」創刊於1985年，發起人爲林婷、林美玲、林燿德等人。四度空間此名稱代表在立體的空間加上時間的延續，形成了「四度空間」；或可認爲「四度空間」立足於現實關懷，前瞻未來思潮。林婷於創刊號中撰寫〈八〇年代的詩路〉：「我們可以從我們生長的領域來尋找題材……在八〇年代能夠延續傳統新詩優點並融合更多前衛性的思想」，可從此看出「四度空間」所呈現八〇年代現代詩所具有的包容性，以及面對未來的前衛感跟奮進之心。

㈣「地平線」：期許廣闊視野的《地平線》創刊於1985年，由許悔之、陳去非等人創立。他們自認是「型態多元且較具普遍性而無狹隘的地域色彩」。詩社同仁橫跨多所學校，群體色彩較爲淡薄。發刊詞中便有云：「地平線是一個自由、開放的群體……我們不強調社性。」相較於詩社群體色彩濃厚的七〇年代詩社跟詩刊，「地平線」的宣言呈現了八〇年代詩社中較爲濃厚的詩人個體性特色。

㈤「兩岸」：1986年12月創設臺中的《兩岸》，以兩岸詩叢刊編委會爲名義編印了第一至三集，主要成員爲苦苓、蔡

忠修、天洛、徐望雲等人。[11]《兩岸》特別重視詩評論，開闢「詩評詩」、「評詩評」、「詩論詩」、「名詩會審」、「詩謎」、「詩評家」、「詩論述」等欄位，援詩立論、強調批判、不避爭議，難怪迅速引起文壇人士側目。創刊號便如〈編輯報告及稿約〉所述：「『兩岸』的詩作只占三十七頁，不到全書的四分之一，我們希望給讀者多看一點和詩有關的其他東西，尤其是評論」。[12] 第二跟第三集《兩岸》不改其志，皆維持「論多、詩少」的特性。

(六)「新陸」：《新陸》詩刊原由「曼陀羅現代詩學研究會新陸分會」所發行，後此分會才改名爲「新陸詩社」。1987年3月創刊的「新陸」，名稱取用「詩之新大陸」之意，期待有更多喜愛詩的人，能夠一同至此新園地耕耘。王志堃、牧霏、紀小漾等人皆曾擔任詩刊主編。《新陸詩刊》自1988年12月第五期起改爲革新版，刊名亦變更爲《新陸現代詩誌》。

(七)「薪火」：創刊於1987年的《薪火》抱持「有機的統一」之理想，以延續優良之民族詩風，發表優秀現代詩爲目的。初期創辦人有李秋萍、陳皓、顏艾琳等。刊物中除了詩作、詩評、詩人訪問，也收錄同仁的隨筆跟藝術評論。創刊號（第零期）跟第一期封面用書法字跟木刻版爲設計元素，古典風強烈；其後開本大小與封面樣貌屢有變化，一路朝前衛邁進。

11　在推出《兩岸》之前，苦苓已於1985年2月創立《詩評家》。
12　本刊：〈編輯報告及稿約〉。《兩岸》第1期（1986年12月），頁160。

⑻「曼陀羅」：楊維晨於1987年徵得「南風」、「象群」
詩社部分同仁應允後，將其解散並重新改組，再加入「薪
火」詩社部分同仁，才組成了「曼陀羅」詩社。[13]從1987
年至1991年，共十期的《曼陀羅》皆秉持創刊詞中所言：
「『曼陀羅』強調詩作品本身藝術表現的精緻與藝術層次
的提升」。特殊開本、精美設計、燙金燙銀……在在都
讓《曼陀羅》成爲臺灣詩刊史上勇於迎向商業市場挑戰
的罕見例子，也傳達出彼時詩人對中產階級品味及美感的
想像。

　　詩刊逐期編目與詩社資訊調查，畢竟不該停留於蒐集或
整理，而是進一步要求文獻解讀與分析詮釋。根據目前所獲
資料，我以爲八○年代臺灣新興詩社／詩刊至少有以下五項
特質：

　　　一、路徑殊異卻奇特並存
　　　二、解嚴前後之編輯策略
　　　三、名詩會審及詩評詩論
　　　四、年輕出擊與合縱連橫
　　　五、從政治詩到後現代詩

　　分述如下：第一項「路徑殊異卻奇特並存」。八○年代臺
灣的新興詩刊與詩社各有主張，訴求多元，既有以精緻文化、
特殊開本、燙金燙銀來面對商業市場的十期《曼陀羅》，也

13　「曼陀羅詩社」跟《曼陀羅》詩刊之誕生，其實並非毫無徵兆、橫空出世。往
　　前可推至「南風」、「象群」，再往前溯就是成立於東吳大學的「漢廣」。

有大膽探索過往言論禁區、在戒嚴令末期還遭禁的四期《春風》。散發中產階級品味的《曼陀羅》，跟心懷社會改革使命的《春風》，雖然路徑殊異，在八〇年代臺灣詩壇竟然能夠奇特地並存無礙。至於毫不掩飾強烈學院性格及濃郁古典情思的「漢廣」詩社，也跟同樣創辦於1982年、卻期待以詩歌改變社會的「春風」詩社並存。右與左，中或臺，傳統還是當下……，其間之方向抉擇當然值得深入討論。可惜八〇年代臺灣新興詩社／詩刊普遍存續時間偏短，出刊頻率又不穩定，導致被關注及討論程度，不但無法跟龜壽鶴齡的「現代詩」、「藍星」、「創世紀」、「笠」相比，甚至還不及七〇年代同樣短命的眾多前行者。[14]

第二項：「解嚴前後之編輯策略」。八〇年代中期開始，民間開始出現要求徹底解嚴的運動訴求，1986年5月19日黨外人士於臺北中山堂舉行的「519綠色行動」，便高舉「只要

---

14 探討七〇年代新興詩社／詩刊的學位論文，計有蔡明諺：《龍族詩刊研究——兼論七〇年代臺灣現代詩論戰》（新竹：國立清華大學中國文學系碩士論文，2002）、林貞吟：《現代詩的街頭運動——「陽光小集」研究》（新竹：玄奘人文社會學院中國語文研究所碩士論文，2004）、蔡欣倫：《1970年代前期臺灣新世代詩人群研究》（桃園：國立中央大學中國文學研究所碩士論文，2006）、解昆樺：《傳統、國族、公眾領域——臺灣一九七〇年代新興詩社研究》（臺北：國立臺灣師範大學國文學系博士論文，2008）、陳昱文：《臺灣香港一九七〇年代現實主義文學傳播現象——以「龍族」、「羅盤」詩刊為例》（花蓮：國立東華大學華文文學系碩士論文，2014）。學者解昆樺還有三本論著《詩不安：七〇年代臺灣新興詩社及詩人之精神動員與典律建制》（苗栗：苗栗縣文化局，2006）、《青春構詩：七〇年代新興詩社與1950年世代詩人的詩學建構策略》（苗栗：苗栗縣文化局，2007）、《轉譯現代性：1960-70年代臺灣現代詩場域中的現代性想像與重估》（臺北：臺灣學生書局，2010），嘗試從「區域」角度出發，探討草根、後浪、詩人季刊、阿米巴、風燈、綠地、掌門、龍族、主流、大地、海韻、八掌溪、掌握等多家七〇年代後誕生的新興詩社／詩刊。

解嚴、不要國安法」與「百分之百解嚴」等標語示威。次年7
月14日蔣經國頒布總統令，宣告自7月15日凌晨零時起解嚴，
持續了長達38年又56天的戒嚴令至此正式解除。解除戒嚴此
舉，對現代詩刊究竟有何影響？梳理過這些詩刊內容後便知，
文學與詩歌終究不是政治的直接反映，「解嚴後」未見各刊編
輯策略或總體選詩方向出現明顯差異。反而是在解除戒嚴之
前，四期《春風》（自1984年4月至1985年7月）的獄中詩專
輯、大陸朦朧詩專輯、山地人詩抄、海外詩抄等規劃，屢次勇
敢觸及政治敏感神經，遂跟《陽光小集》第九期[15]、《掌握》
第十、十一期合刊[16]，同樣慘遭查禁。《春風》更成為全臺戒
嚴令下，最後一份遭禁的詩刊。而宣告解嚴前夕創辦的《兩
岸》（1986年12月）、《新陸》跟《薪火》（同為1987年3
月），或用心於開闢詩論戰場域，或著力在薪傳詩火苗，對現
實政治議題的關切程度皆不及《春風》。[17]解除戒嚴後第一份
新創詩刊《曼陀羅》（1987年9月）更直言要追求「詩作品本
身藝術表現的精緻與藝術層次的提升」，顯然欲與「流行」之

---

[15] 《陽光小集》第9期上刊載「70年6月25日出版」應為誤植，經推算當為71年
（1982年）6月25日印行。

[16] 1981年5月《掌握詩頁》藉嘉義《商工日報》副刊創刊，由何郡主編，特意選刊
社會寫實批判詩作，每月一期，共出版了十三期。何郡又在1982年青年節發起
「掌握詩社」，集結嘉南地區詩友11人，並印了十三期《掌握》詩刊。以上資
料參見何郡：《永遠不敢伸出圍牆——何郡詩集（2000-2011）》（臺北：秀威
資訊，2017）與江寶釵纂修：《嘉義縣誌·卷十·文學誌》（嘉義：嘉義縣政
府，2009），頁406。

[17] 《兩岸》延續了《陽光小集》、《春風》的現實主義路線，唯其所刊詩文雖普
遍對虛無風格跟後現代主義多所抨擊，也選登了政治詩、獄中詩、對「詩人的
另一面」（政治及社會運動）之討論，但終究沒有真正「踩到紅線」。該刊在
苦苓等人主持下，還不無挑釁地寫了一段編者案：「《兩岸》迄今並未遭到查
禁，如果真的有此命運，我們將把查禁之文用做下一期的封面」。見編按：
〈詩人坊〉，《兩岸》第二期（1987年5月），頁6。

批判現實主義詩篇做出區隔──這恐怕才是解嚴後新興詩刊，在編輯策略上眞正的移轉。傳播媒體無論大眾、小眾，一個階段有一個階段的任務，故當政治訴求已獲一定滿足時，詩刊「守門人」轉而追求其他目標，應屬合理且不難想像。

　　第三項：「名詩會審及詩評詩論」。詩刊召開編輯會議時，有意見差異本不足爲奇。但以採取「會審」形式集體選稿，鼓勵言辭激辯及詩觀詰對，卻成了八○年代詩刊的普遍特色。就連走溫柔敦厚[18]路線的《漢廣》，第五期〈編輯手記〉便寫道：「最後是本期參加會審的有路寒袖、胡思、林承謨、鴻鴻、莊裕安、李祖琛、楚放、巴陵野、孟樊、何別離等十位。」第九期〈編輯手記〉亦論及：「從會審取稿中可發現每人的詩觀均不同，因此常有爲一首詩的錄用否耗上半個鐘頭。席間，有者引述了外人對漢廣的看法，於是爆發了同仁間的激論，因此會審在一片激烈聲中結束。冷靜思考，其目的是要詩人走出自己的小天地，去看看外面這大世界，而巴陵野執著的是詩人應忠實於自己的感受，不能矯揉造作，無中生有。兩者的出發點都沒錯，卻讓在旁的聽者有了很大的啟示和醒悟。」[19]這種對詩刊投稿的「會審」，更進一步演變成對知名詩作主動進行「名詩會審」，以會議紀錄稿形式，將同仁的批評意見公告周知。八○年代由《陽光小集》首開端倪，自第

18　關於「溫柔敦厚」一詞，漢廣詩社同仁徐望雲便曾寫道：「長久以來，『漢廣』呈現在詩壇和讀者面前的作品風貌（印象），是承襲自中國傳統的詩教：『溫柔敦厚』」。見徐望雲：〈踏花歸去馬蹄香──「漢廣」瑣憶〉。《兩岸》第一期（1986年12月），頁92。非屬新興詩刊的《笠》，自六○年代創刊初期起便設有「作品合評」專欄（唯自第十六到十九期一度中斷）。除了詩人聚會合評或相約筆談，《笠》亦有讓讀者參與評論的「大家評」專欄。

19　前者見〈編輯手記〉，《漢廣》第五期（1982年11月），頁1。後者見〈編輯手記〉，《漢廣》第九期（1983年7月），頁1。

五期（1981年3月）起新闢「每季詩評」欄位，以頗有諷刺意味的「謬詩」爲名，發表〈得罪了！詩人——寫在「每季新詩評介」之前〉。[20]第九期還特意刊載了司馬不平〈不太高明的吶喊——看政論雜誌上的詩〉，對時興的「政論雜誌踴躍登詩」現象頗不以爲然。[21]讓「名詩會審」成爲雜誌常設性欄位，則始於《兩岸》。該刊第二期由天洛、王廣仁、吳明興、周綠川、林豐明、徐望雲、楚放、蔡忠修、謝建平九人，會審王添源獲得第九屆時報文學獎新詩評審獎之作〈我不會悸動的心〉；第三期則由毛襲加、林央敏、林輝熊、初安民、孟樊、許悔之、郭漢辰、黃樹根、履疆、鍾喬十人，會審羅青兩首後現代詩〈一封關於訣別的訣別書〉與〈關山亭觀滄海〉。僅出版三期的《兩岸》，是八〇年代臺灣最具詩歌批評意識的刊物，除了「名詩會審」外，尚有「詩評詩」、「評詩評」、「詩論詩」、「詩評家」、「詩謎」、「詩賞析」、「詩隨想」等欄位，評論所占篇幅遠大於創作，其間深意與企圖不可小覷。[22]

　　第四項：「年輕出擊與合縱連橫」。八〇年代新興詩社間雖難免競爭，唯理念相近者大多情誼甚篤，在詩的大旗下經常相互支援，也從不吝於推薦對方。譬如《薪火》第一期便有一篇〈年輕出擊〉，欲將多家刊物交付楊維晨「現代詩庫」負責

20　「謬詩」應爲對「繆思」（Muse）」的刻意挪用。見謬詩：〈得罪了！詩人——寫在「每季新詩評介」之前〉。《陽光小集》第五期（1981年3月），頁22-24。

21　司馬不平：〈不太高明的吶喊——看政論雜誌上的詩〉。《陽光小集》第九期（1982年6月），頁40-52。

22　《兩岸》也特別選刊過「跨界詩」創作，如第二期以「畫中詩」一欄刊出畫家李永平「用畫筆所寫的一首詩」；第三期有「詩廣告」一欄，以「本社」之名發表〈廣告詩人王定國〉，專文介紹小說家王定國所撰之房地產廣告。

總經銷：[23]

南風詩刊——

　　編輯部：臺北市大直通化街142巷22號

象群詩刊——

　　編輯部：臺北市基隆路一段147巷5弄48〜1號3F

地平線詩刊——

　　編輯部：臺北市和平東路三段1巷44號11F

新陸詩刊——

　　編輯部：臺北市郵政五八八一八號信箱

薪火詩刊——

　　編輯部：臺北市郵政一一八六七號信箱

（以上各詩刊園地均開放，歡迎踴躍投稿。）

各詩刊均可至各代銷書店購買或直接郵撥總經銷：

I現代詩庫　一〇一六一三八─五楊維晨帳户

各代銷處：書林書店、金石堂書店、春之藝廊

　　　　　新象藝術中心、知新藝術廣場

　　　　　敦煌書局、光統圖書公司、久大書香世界

　　楊維晨創辦的《曼陀羅》，也曾於第四期〈編輯室〉中述及：

　　本社「曼陀羅現代詩學研究會」即日起開始徵收會員，

23　編輯室：〈年輕出擊〉。《薪火》第一期（1987年6月），頁4。

希望藉此學術組織聯合全國各界年輕一輩的寫詩朋友，
相互交流學習，以提升現代詩的藝術水準。
本刊同仁劉美娜、嚴忠政已於臺中成立曼陀羅現代詩學
研究會臺中分會；同仁陳忠倫也於臺南成立臺南分會；
同仁吳清杉則於東吳大學文藝社詩組成立東吳分會；同
仁王志塑則於新陸詩社內成立新陸分會。[24]

可以想見年輕詩人（多屬一九六〇世代）之間樂於合縱連
橫，以「提升現代詩的藝術水準」為目的集會結社。

第五項：「從政治詩到後現代詩」。七〇年代臺灣各家新
興詩刊的發刊辭、編者按跟廣告語中，很常看見「中國」與
「現實」兩詞，尤其集中於《龍族》、《大地》、《草根》三
份刊物上。[25]隨著時間推移，八〇年代中期以前最常見到「政
治」一詞，到八〇年代末期又換成了「後現代」。關於政治
詩，《春風》與《兩岸》上所刊所論甚多，連《陽光小集》最
後一期也在做「政治詩專輯」（第十三期，1984年6月）。宣
布正式解嚴前後，詩社／詩刊對政治詩的書寫、討論熱情反倒
快速消退，取而代之的關鍵詞成了「後現代」。固然有以推薦
詩人方式，強力主打丘緩、夏宇等作者的《曼陀羅》；也有對
後現代嚴詞批判或心存猶豫者，譬如《兩岸》上署名「本社」
的這段〈編後記〉：「在詩壇忽然有人莫名其妙的高呼『後現
代狀況來臨了！』之時，為了正本清源，避免再重蹈覆轍，

---

24 本社：〈編輯室〉。《曼陀羅》第四期（1988年6月），頁135。
25 楊宗翰：〈一九七〇年代臺灣新興詩社／詩刊特質析論〉。楊宗翰編：《交會
的風雷：兩岸四地當代詩學論集》（臺北：允晨文化，2018），頁275。

我們請鍾喬訪問了陳映真先生，對所謂的『現代主義』及其
仿冒品、劣級品痛加針砭，值得關心中國詩的前途者深思。
另『走向死亡的群象』、『關山樓筆記』及『詩謎』中也有不
少後現代的『笑料』與『奇觀』，請讀者哂納。」[26] 這段顯然
是針對「象群」、「四度空間」詩社成員，還劍指1986年發
表〈後現代狀況出現了〉一文的羅青。[27] 心存猶豫者，亦可見
《薪火》上顏艾琳所撰〈詩壇非常「後」現代〉：「一年來，
我感覺有些作者對『後現代』的疑慮排斥，要不就隨勢迎合。
前者對『後現代』的破碎、不連接、片段式的蒙太奇意象剪
輯，而無法細窺作者在創作時的心態，到底真的含有詩人的感
情陳述，亦只是遊戲文字、玩弄意象？他們一直懷疑後者的寫
作誠意，而口誅筆伐。」、「支持『後現代』的一群，為了要
造就更強烈、明顯的『後現代』流行趨勢，除了出版多本的詩
集助陣，更加入了小說界、散文圈，急於著手把領域擴大，
並刻意『帶』進幾位年輕作者，彷彿有『後現代一世宗師』
的樣子。」[28] 她最後歸結為，期待詩人都能夠當一個超越「主
義」、自由自適的創作者，顯然對彼時詩壇濫用「後現代」標
籤甚為不滿。雖然如此，「政治」與「後現代」依然是八〇年
代臺灣新興詩刊上，最常出現的兩個關鍵詞。

四、

　　筆者曾撰文指出，七〇年代臺灣新興詩社／詩刊至少有五

26　本刊：〈編後記〉。《兩岸》第二期（1987年5月），頁176。
27　羅青：〈後現代狀況出現了〉。收入柯順隆、陳克華、林燿德、也駝、赫胥
　　氏：《日出金色——四度空間五人集》（臺北：文鏡，1986），頁3-19。
28　顏艾琳：〈詩壇非常「後」現代〉。《薪火》第七期（1989年3月），頁4-5。

項特質：[29]

　　一、主動積極向外部連結

　　二、鼓動敘事詩和小詩潮

　　三、民族傳統及現實意識

　　四、詩與各種媒介之結合

　　五、編目整理到詩史企圖

　　本文前一節所列，八〇年代臺灣新興詩社／詩刊的五項特質（路徑殊異卻奇特並存、解嚴前後之編輯策略、名詩會審及詩評詩論、年輕出擊與合縱連橫、從政治詩到後現代詩），正可與七〇年代部分對照參看。能夠做出這類分析，得力於在調查研究過程中，建立的數千筆Excel資料條目檔跟數萬字Word資料文件檔。這項詩社／詩刊研究若能往下延伸，則自七〇年代至九〇年代推估應可收錄超過二十家新興詩社／詩刊資料，並產出資料條目檔一萬五千條、資料文件檔二十多萬字之規模。一旦擁有這樣的資訊量，筆者建議便可嘗試進行小型資料庫的數位典藏建制，並保留後續擴充之設計，以容納未來可見之上溯（五〇、六〇年代校園詩刊）與下探（新世紀第一個十年）新興詩社／詩刊之空間，進而提供作為建構臺灣「新詩史」或「詩刊學」之用。這樣的資料庫理應具備公開瀏覽與檢索功能，包括各家詩刊每期篇目、詩社／詩刊的基本資料（如創刊及停刊時間、刊期、發行人、發行處等），並提供詩

---

[29] 楊宗翰：〈一九七〇年代臺灣新興詩社／詩刊特質析論〉。楊宗翰編：《交會的風雷：兩岸四地當代詩學論集》（臺北：允晨文化，2018），頁272-273。

刊各期封面影像，以便利一般讀者或研究人員審視臺灣新詩的階段發展及個別變遷。資料庫所預設之檢索欄位，應包括詩刊名稱、專號（專輯）名稱、發行人、編輯者、篇名、著者、譯者、頁碼等。它應能結合多種欄位同時查詢，並支援從現有結果再搜尋之功能，以各種便利的方式，提供大眾自由檢索、瀏覽、下載與運用。若能建立起這個臺灣新興詩社／詩刊資料庫，當不只可以支援、強化臺灣文學研究，亦盼可以作爲重新認識「臺灣新詩史」的一種觀看之道（ways of seeing）。

附：一九七〇年代臺灣新興詩刊年表（2020年4月修訂）

1970年	
1月	「詩宗」叢書第一號《雪之臉》於臺北創刊，季刊，40開。仙人掌出版社林秉欽發行，郭震唐總編。詩宗社由南北笛、創世紀等詩社合併組成，出版四本叢刊：《雪之臉》、《花之聲》（仙人掌出版社）；《風之流》（晨鐘出版社）；《月之芒》（環宇出版社）。 《風格詩刊》於花蓮創刊，24開，第二期4月出刊，改40開後停刊，共出刊二期。
2月	《夜風》於基隆創刊，刊期不定，8開。海洋學院發行。
3月	《中國詩》創刊，季刊。胡鈍俞發行。
1971年	
1月	《水星詩刊》於高雄左營創刊，雙月刊，8開，報紙型。水星詩刊社出版，張默、管管主編。 龍族詩社成立。
3月	《龍族詩刊》於臺北創刊，季刊，20開。林白出版社發行，陳芳明、林煥彰等主編。
7月	《暴風雨》詩刊於屏東創刊，暴風雨詩社發行。 《主流詩刊》於高雄創刊，雙月刊，25開。鴿鈴雜誌社出版，主流詩社發行，主流詩社編輯委員會主編。

8月	由高雄師範學生組成的風燈詩社於高雄成立，江聰平老師指導，李東慶（寒林）任社長，1973年並於校內出版《風燈》第一期。採不定期出刊，後易名為《風動・燈明》，至2010年9月出版第二十八期後停刊。
10月	《山水詩刊》於高雄創刊，不定期出版，23×26公分。殷雷出版社發行，朱沉冬、張綉綺主編。
1972年	
1月	《長江詩苑》於彰化創刊，黃衡舟發行，中元出版社發行，3月出刊第二期後停刊，共出版二期。 《拜燈》詩刊於嘉義創刊，雙月刊，20開，明山書局出版，尹凡、渡也主編。出版一期停刊。 復興崗詩歌隊成立，藍俊籌組。
3月	《詩宗》季刊停刊，共出刊五期。
5月	《水星詩刊》停刊，共出刊九期。
9月	《大地》於臺北創刊，雙月刊，25開。大地雙月刊社出版，大地雙月刊編輯委員會主編。第二期始，文馨出版社陳生松發行。第七期始，改季刊，易名《大地詩刊》。
	《後浪》雙月刊於臺中創刊，雙月刊，8開，報紙型。大昇出版社出版，蘇紹連主編。
	《藝術季刊》於高雄創刊，季刊，12開，藝術季刊編輯委員會主編，藝術季刊社發行。
本年	《阿米巴詩刊》於高雄創刊，不定期出刊，1966年創立之高雄醫學院阿米巴詩社發行。休刊後又曾於2000年復刊。
1973年	
7月	《暴風雨》詩刊停刊，共出刊十三期。 《龍族詩刊》第九期評論專號出刊。高信疆（高上秦）主編，收錄成員蕭蕭、黃榮村、陳庭詩等及詩人余光中、邢光祖、辛鬱、溫瑞安等評論。
11月	《Chinese Poetry》（英文中國詩刊）於臺北創刊，25開，由鍾鼎文發行。

本年	天狼星詩社於馬來西亞成立，前身為綠洲社。
1974年	
1月	《秋水詩刊》於臺北創刊，季刊，25開。秋水詩社發行，王吉隆（綠蒂）發行，古丁、涂靜怡主編。1981年古丁車禍逝世，同年2月《秋水詩刊》第二十九期製作紀念專輯。2014年1月涂靜怡主編第一百六十期「終刊號」後宣布停刊。同年10月，原發行人綠蒂和中國企業家梅爾重組出刊《秋水詩刊》第一百六十一期，迄今仍持續出版發行中。 《復興崗詩刊》於臺北創刊，雙月刊，24開。政治作戰學校復興崗詩歌研究社與復興崗文藝社出版、發行，歐君旦、金超群、劉皓浩、楊日潭、浩康、懷遠、心夫等編輯委員主編，姜海洲（碧果）指導，歐君旦任社長。
7月	《後浪》雙月刊休刊，共出刊十二期，轉型為《詩人季刊》。
10月	森林詩社成立，林滄浯任社長。 《也許》詩刊於臺南創刊，季刊，25開。森林詩社出版，大千文化出版社葉燕青發行，朱俊哲主編，施祖榮、黃文成、李正益、張善楠、龔宏琦、黃崇憲、李獻琪、吳玲娜、林央敏、李昌憲、陳浩、林煌南任編輯委員。
11月	《詩人季刊》於臺中創刊，20開。編輯部設臺中沙鹿，大昇出版社李勤岸發行，詩人季刊社編輯部主編。1984年8月停刊，共出刊十八期。
12月	《藍星季刊》新一號臺北復刊，每逢3、6、9、12月出版，25開。藍星詩社出版、發行，成文出版社贊助，期號重啟，張健、向明、夐虹、方莘、羅門、羅智成、王憲陽先後主編。1980年復刊第十一期，改由林白出版社、王憲陽贊助。
1975年	
5月	草根詩社於臺北成立。同月《草根》詩刊於屏東創刊，25開。太陽城出版社發行，草根詩社編輯部主編，羅青任社長。
6月	《消息》詩刊於桃園楊梅創刊，半年刊，20開。林民威發行，季野、許丕昌、歐君旦、李維疆主編。

8月	天狼星詩社的《天狼星詩刊》創刊，25開。黃昏星、周清嘯等主編。
9月	《海棠詩刊》創刊，與早期東吳大學詩社《大學詩刊》，新舊合刊。
10月	《大海洋詩刊》於高雄左營創刊，20開。大海洋詩社朱學恕、林仙龍、沙白、李冰出版、發行，朱學恕、汪啟疆主編。1990年1月第三十四期開始，易名為《大海洋詩雜誌》。 《也許》詩刊停刊，共出刊三期。
11月	草根詩社於臺北新店增設編輯部，重心北移。
12月	《綠地》詩刊於屏東創刊，19×17.3公分。綠地詩刊社發行，主編傅文正、社長林吉郎。
1976年	
1月	《主流詩刊》休刊，共出版十二期。 詩脈社成立。
2月	《小草詩刊》於臺北創刊，臺灣莒光圖書中心出版。
3月	《軌跡星》詩刊創刊，張家麟主編。 長廊詩社於政治大學內成立。
5月	《長廊詩刊》於臺北創刊，半年刊，每逢5、11月出刊，25開。政大長廊詩社黃憲東（黃維君）發行、主編，施至隆任社長。 《龍族詩刊》停刊，共出版十六期。
7月	《詩脈季刊》於南投草屯創刊，季刊，20開。岩上、王灝、鍾義明、洪錦章等人創辦，賴義雄發行，岩上主編。
8月	《匯流》詩刊於臺北樹林創刊，25開。匯流詩社出版，鄭明助、洪名縣、黃子堯主編。
10月	《詩學》叢刊由臺北巨人出版社出版，瘂弦、梅新主編。
	《八掌溪》於嘉義創刊，32開，楊振星等主編。
1977年	

1月	《神州詩刊》於臺北創刊，25開。神州詩社出版，故鄉文化出版事業公司張朝欽發行，殷乘風、廖雁平主編。前身為《天狼星詩刊》，由溫瑞安、黃昏星、方娥真、廖雁平等人創立。 《大地詩刊》停刊，共出刊十九期。
3月	《洛神詩刊》於臺北創刊。
4月	月光光詩社成立。同月《月光光》於桃園中壢創刊，雙月刊，25開，為全臺第一本兒童詩刊物。臺灣國語書店顏許美鳳發行，林鍾隆主編。1991年2月開始，易名為《臺灣兒童文學》。
5月	《詩潮》於臺北創刊，不定期出版，每二、三個月出刊，25開。藍燈文化事業公司出版，丁載臣（丁穎）發行，高準主編。
	《消息》詩刊停刊，共出刊三期。
12月	《韻聲詩刊》於臺北創刊，24開，橫式，臺北商專崇韻詩社出版。
1978年	
1月	《風燈》校外版編輯部設於雲林北港，雙月刊，採四開報紙型「詩頁」模式。1984年出刊第三十六期後休刊，至1986年出刊「復刊一期」（第三十七期），1988年出刊「復刊二期」（第三十八期），1990年5月出刊第三十九期後停刊，結束「詩報」形式。
5月	《風荷》於高雄創刊，20開，王廷俊主編，德馨室出版社發行。
6月	《山水詩刊》停刊，共出刊十六期。 《主流詩刊》復刊，期號十三，大漢出版社出版。
9月	《草根》詩刊第三十七期開始，由月刊改雙月刊。
10月	《海韻詩刊》於澎湖創刊，季刊，32開，乃澎湖第一本現代詩刊。海韻詩刊社出版，王光照發行，海韻詩刊編輯部主編。 掌門詩社於高雄成立，古能豪任社長。 《詩壇》於屏東創刊，25開。舒蘭主編。
12月	《綠地》詩刊停刊，共出刊十三期。

1979年	
1月	《掌門詩刊》高雄創刊，季刊，20開。心影出版社出版，邱國禎發行，鍾順文主編。1986年5月休刊，1997年10月復刊，易名《掌門詩學》。
3月	《詩脈季刊》停刊，共出刊九期。
6月	《草根》詩刊發行第四十一期後休刊。1985年2月1日紀念草根社成立十周年，重回月刊並以彩色海報形式復刊《草根》第四十二期，白靈主編，羅青任社長。1986年6月出版了九期後，於第五十期正式停刊。
11月	「陽光小集」成立於高雄，發起人為向陽、張雪映、陳煌、李昌憲、莊錫釗、陌上塵、林野、沙穗八人。
12月	《陽光小集》創刊於高雄，32開。1980年7月第三期起開放外稿，1981年3月第五期改版為25開，1981年7月第六期起改為「詩雜誌」型態。1984年6月推出「政治詩專輯」後停刊，共出版十三期。

世代如何作為方法？
詩學研究取徑的一種可能

　　面對浩瀚詩海，該去哪捕撈一個時代菁華？「詩選」當是十分合理的答案。扣除"one-man show"式的個人詩精選出版物，臺灣的詩選集大抵可以分為三類：「年度詩選」、「同仁詩選」、「主題詩選」。年度詩選肇始於1982年爾雅版《七十一年詩選》，迄今仍持續刊行者為二魚版《臺灣詩選》與春暉版《臺灣現代詩選》。[1]後兩者間重複入選之作者及作品甚少，正反映出編選者在審美偏好、關注題材、文化資本、地域屬性上的差異。同仁詩選則多由各家詩社自行編選或出版，我認為其主要優點有三：一為資料正確度相對翔實、二為替詩社活動與詩刊創作留下刻痕，三為向詩史／文學史撰述者集中展示火力，避免詩社／詩刊不經意被移出討論視域。至於所謂主題詩選在臺灣，品項繁多、名目不一，從篇幅（如小詩選）、題材（如情詩選）到觀念（如「現代意義」）都有。最末者可以1961年由大業書店出版，張默、瘂弦主編的《六十年代詩選》為代表。全書採25開本，共224頁，收錄26位詩人的作品，其中還包括了香港詩人崑南。每位詩人及其作品自成一單元，皆附有簡評及畫像，可謂奠立了戰後臺灣現代詩選集之體例。書中〈緒言〉寫道：「所謂『六十年代』，並非完全

1　關於各年度詩選之全面性研究，可參考盧苪伶：《爾雅版年度詩選研究》（臺北：國立臺北教育大學語文與創作學系碩士論文，2011）、張悅華：《二魚版臺灣年度詩選研究（2003-2016）》（桃園：國立中央大學中國文學系在職專班碩士論文，2017）。春暉版《臺灣現代詩選》則仍待學界中人深入探索。

意味著一種紀年式的時間觀念，而是表示一種新的、革命的、超傳統的現代意義」，可以窺見編者有以編選行動「追尋現代」之雄心。[2]1967年大業書店又出版了洛夫、張默、瘂弦合編之《七十年代詩選》，港澳的馬覺、戴天、翱翱（張錯）、蔡炎培與韓國許素汀（許世旭）均有入選。1976年改由濂美出版社印行張漢良等十二人合編之《八十年代詩選》，選入詩人高達五十六家，是三本中最多的。

除了以《六十年代詩選》、《七十年代詩選》、《八十年代詩選》為代表之「追尋現代」詩選，高舉「世代」大纛之詩選集，亦應列入重視「觀念」的「主題詩選」。當以「世代」為別之詩選集卸下了詩社的同仁屬性負擔，剩下的是更為直接的觀念訴求——「世代差異」。新世紀以降的臺灣詩壇「世代差異」議題，待「年級」論大興後漸次浮出。[3]譬如2011年由筆者策劃、釀出版印行之《臺灣七年級新詩金典》，稟持我主張之「七年級選七年級」精神，邀請同屬七年級（指民國七十年，即西元1981至1990年出生者）的詩人謝三進、廖亮羽主編。他們組成的編輯小組，從2008年以來報刊製作的詩人專輯或文學獎得獎作品中，選出何俊穆、林達陽、廖宏霖、廖啟余、spaceman（孫于軒）、羅毓嘉、崔舜華、蔣闊宇、郭哲佑、林禹瑄這十位具有代表性的七年級詩人。2013年本地詩人顏艾琳（1968-）與對岸詩人潘洗塵（1963-）也合編了《生於60年代：兩岸詩選》，在臺北由文訊雜誌社印行出版。從

2　張默等編：《六十年代詩選》（高雄：大業書店，1961），頁Ⅵ。

3　2001年《五年級同學會》問世後大受歡迎，書中把民國50年到59年出生的「後青春期族群」視為五年級同學，「年級」論自此在臺廣為流傳。見果子離等：《五年級同學會》（臺北：圓神，2001）。

在地延伸到兩岸，這本詩選集的問世，讓一九六○世代詩人群（約莫等同「五年級詩人」）有了同臺並比、競技的可能。

　　先行的《臺灣七年級新詩金典》和《生於60年代：兩岸詩選》都是「一書絕命」，沒有後續，難謂影響。以詩人所生世代為別、訴求世代差異的選集，竟是由後至的景深空間設計（小雅文創）「世代詩人詩選集」攬起重擔，依出版次序分別為：《一九六○世代詩人詩選集》（2014）、《臺灣一九五○世代詩人詩選集》（2016）與《臺灣一九七○世代詩人詩選集》（2018）。前兩本由陳皓、陳謙兩人主編，第三本改為陳皓、楊宗翰主編，以兩年一冊的穩健步伐，默默前行。雖然三書同出一系，沿用中亦當容許創新。第三冊《臺灣一九七○世代詩人詩選集》跟前兩本相較，有三點不同之處：

(一)收錄全面：在盡可能周密調查與多方諮詢後，發函邀稿並獲同意的詩人名單計有48位，其中19位、占四成是生理女性，29位是生理男性。《一九六○世代詩人詩選集》與《臺灣一九五○世代詩人詩選集》則各選錄了33位同世代詩人。

(二)體例調整：仍然採用詩人自選代表作的模式，唯《一九六○世代詩人詩選集》採取「一人3至5首、總行數100行」，《臺灣一九五○世代詩人詩選集》擴增為總行數200行，到了這本又縮減為「建議總行數為150行」。作者簡介除了出生年份，亦要求務必提供每本個人詩集的完整書名──因筆者主張，個人詩集是詩人的身分證，「一九七○世代」未出版

　　過個人詩集者，一開始便未列入邀約名單。[4]

　(三)編委更替：由主編邀約五位六○、七○世代，並在
　　學院研究或教授現代詩課程的學者擔任本書編委。
　　他們是臺北教育大學語創系教授方群（1966-）、臺
　　北教育大學語創系助理教授陳謙（1968-）、虎尾科
　　技大學通識中心副教授王文仁（1976-）、韓國西江
　　大學中文系助理教授何雅雯（1976-）、臺北市立大
　　學中語系助理教授余欣娟（1978-）。編委中的生
　　理女性也是五占其二，跟這部詩選一樣剛好四成。
　　關於性別比例，我認為日後應當還有調整、提升的
　　空間。

　　除了收錄全面、體例調整、編委更替，我心中最繫念的不
是一本詩選集的出版，而是這本詩選連同《一九六○世代詩人
詩選集》、《臺灣一九五○世代詩人詩選集》，究竟能帶給詩
壇、學界與讀者什麼新訊息？在紙本詩集出版愈趨容易、銷售
發行卻愈趨困難的此刻，每欲印行一部詩選，都要有跟詩史對
話的雄心。紙本出版不該淪為「一書在手，其樂無窮」的自我
安慰，既然決定編印詩選，就是真的「有話要說」。譬如筆者
曾主編全臺第一本以「大學詩派」命名的出版品《淡江詩派的
誕生》（2017），乃是一部結合歷屆淡江教師與校友的現代
詩創作選集，所錄詩人跨越臺灣各世代、流派與詩社。我以為

4　後經兩位主編商議，還是慎重邀請了臺灣超文本詩首創者代橘（Elea，
　1971-）、備受期待的吳鑒益（1976-）、兼擅各文類創作的解昆樺（1977-）三
　位詩人。

所謂「詩派」，不應該是黨同伐異的排他起點，而是以義聚、以詩合的情感認同，入選者都是曾想將詩意銘刻在淡水五虎崗上的詩人。而這部《臺灣一九七〇世代詩人詩選集》的問世，則代表我在思考「世代作為方法」的研究取徑，還有各世代間透過詩選所能呈現的異同處。

《臺灣一九七〇世代詩人詩選集》內有48位詩人的自選作品，在扣除婉拒收錄的詩人後，無法聯繫、未獲回覆、名單疏漏者理應甚多。作為編者之一，我心中的遺憾至少就有吳音寧（1972-）、高世澤（1973-）與陳雋弘（1979-）三人。而王離、鄭聿、何亭慧皆生於1980年，這本選集也難以向都是「六年級」、卻為「八〇後」的他們遞出邀請函。據另一位編者陳皓統計，此選集共收錄了分行詩259篇、7188行、59271字，與散文詩12篇、52段落、4382字，還有以獨樹一格的書法呈現而不計入行數的何景窗手稿。值得注意的是，所錄詩作平均每行用了8.2個字，平均每篇長達27.7行。[5] 既是請詩人自選代表作，一九七〇世代卻多以近卅行篇幅來完成一首詩，這透露了什麼樣的訊息？過往對青年作家的刻板印象「輕薄短小」四字，置於此書就顯得頗有出入。而從陳皓製作的三部世代詩選比例統計中，或許更能見出「世代差異」：[6]

5　陳皓、楊宗翰編：《臺灣一九七〇世代詩人詩選集》（新北：景深空間設計，2018），頁460-461。

6　同上註，頁462-463。

臺灣世代詩選性別比例統計表

	1950		1960		1970	
	人數	比例	人數	比例	人數	比例
男性	27	81.8%	22	66.7%	29	60.4%
女性	6	18.2%	11	33.3%	19	39.6%
合計	33	-	33	-	48	-

《臺灣1950世代詩人詩選集》作品收錄及詩人性別比例統計表

	人數	收錄篇數	行數	字數
男性	27	119	4018	33269
	81.8%	78.8%	82.7%	84.0%
女性	6	32	843	6320
	18.2%	21.2%	17.3%	16.0%

《1960世代詩人詩選集》作品收錄及詩人性別比例統計表

	人數	收錄篇數	行數	字數
男性	22	86	1889	15545
	66.7%	65.2%	64.6%	67.1%
女性	11	46	1036	7627
	33.3%	34.8%	35.4%	32.9%

《臺灣1970世代詩人詩選集》作品收錄及詩人性別比例統計表

	人數	收錄篇數	行數	字數
男性	29	147	4376	37642
	60.4%	56.8%	60.9%	63.5%
女性	19	112	2812	21629
	39.6%	43.2%	39.1%	36.5%

　　性別比例這塊十分清楚：「五〇世代」、「六〇世代」、「七〇世代」三部詩選的作者中，生理女性的詩人比例從18.2%、33.3%到39.6%，明顯呈現上升趨勢。至於每首詩的平均行數，筆者再從陳晧統計的基礎上去計算，結果如下：「五〇世代」生理男性詩人每首平均33.76行、生理女性詩人每首平均26.34行；「六〇世代」生理男性詩人每首平均21.97行、生理女性詩人每首平均22.52行；「七〇世代」生理男性詩人每首平均29.76行、生理女性詩人每首平均25.1行。從中不難窺得，生於六〇世代的詩人不分性別，都是三個世代中平均詩行最短的一群。雖然影響詩選組成因素甚多、取樣過程不盡周全，但筆者以為還是可以嘗試去思考：一九六〇世代詩人詩作的此一「特徵」，究竟何以致之？「六〇世代」怎會跟「五〇世代」、「七〇世代」，在平均詩行長度上有偌大落差？敘事詩風潮的結束，或許是眾多可能解答之一。1979年《中國時報》主辦之第二屆時報文學獎增設了敘事詩獎項，至1982年此類別結束前，一共公開徵稿了四年。報社提供優渥獎金與報紙每日百萬印量，從重賞和榮譽雙管齊下刺激創作者，也在臺灣掀起長篇敘事詩風潮。隨著全國性的大型徵獎活動結束，長篇敘事詩很快便不再是文壇焦點，這時一九六〇世代詩人才剛要步上寫作之途，難免會有「吾生也晚」或「生不逢時」之嘆。只有極少數六〇世代詩人搭上這班列車，譬如陳克華1981年便以〈星球紀事〉榮獲第四屆時報文學獎敘事詩優等獎，1982年又以〈水〉獲得第五屆時報文學獎敘事詩佳作。1961年生的陳克華，彼時尚為臺北醫學院的在學生，堪稱是六〇世代中最閃亮的早慧新星。但絕大多數同世代詩人，仍與此獎項及其引領的長篇詩創作風潮無緣。

　　1988年12月26到28日詩人孟樊在《自立早報》副刊宣告
〈瀕臨死亡的現代詩壇〉，2018年6月6日記者蕭歆諺於數位
版《遠見》雜誌發表〈臺灣現代詩迎來「文藝復興」時代〉。
從「瀕臨死亡」到「文藝復興」，究竟是悲觀預言神準，抑或
樂觀期待勝出？這卅年間詩潮文風歷經多次翻轉，領風騷之名
家陣容更迭豈止一回。進入網際網路時代後，刊登、傳播新詩
的主要載體已跟昔時有別；但臺灣出現的詩人、作品、詩集並
未明顯減少，在發生社會高度關注事件時，讀者數及點閱量更
大幅增長——如苗栗大埔案、洪仲丘事件、太陽花學運、勞基
法修法，相關詩作每每成為網路上熱議焦點，其影響並從虛
擬空間迅速回饋到現實世界。至於這能否稱得上是「文藝復
興」？我個人並無太大把握，但當代青年詩人願以創作回應時
代困境，試圖以詩行引起現代人從冷漠到共鳴，足證詩之用途
大矣，也算拉開了它與死亡之間的距離。

　　本文以「世代如何作為方法？」為題，關注焦點仍是臺灣
的詩學研究取徑，以及各世代透過詩選編輯及詩作檢視，究竟
會呈現出何種差異？其間的差異，是否能成為觀察、甚至撰寫
詩史的一種可行角度？我會在《臺灣一九七〇世代詩人詩選
集》編輯過程中首先提出「以世代詩選寫詩史」，正奠基於這
樣的思考。[7] 長路漫漫，荊棘難免，首倡「世代詩選」編輯出
版的陳皓，一人編過「五〇世代」、「六〇世代」、「七〇世
代」三部選集，感受理當比誰都深。他曾在〈築夢的河〉中寫
道：「主題式建構出世代詩選只是起點，更多題旨的置入仍是

---

[7]　陳皓、楊宗翰編：《臺灣一九七〇世代詩人詩選集》（新北：景深空間設計，2018），頁27。

我們思考的方向。立足一九六〇以更宏觀的視野放眼未來，前行各世代的詩學成就值得師法，年輕世代的創作思維也同樣可以取經。如何於伏仰之間，將各世代在詩史界定出一個位置，是我們持續再努力的目標」。[8]這篇收於《一九六〇世代詩人詩選集》的文章，或許預示了編者、作者、讀者⋯⋯我們都還「在路上」，仍需持續努力「將各世代在詩史界定出一個位置」。

8　陳皓、陳謙編：《一九六〇世代詩人詩選集》（新北：景深空間設計，2014），頁19。

鄭慧如《臺灣現代詩史》出版事件

　　二〇一九年十月，逢甲大學中文系鄭慧如教授《臺灣現代詩史》於聯經出版。這本書份量驚人，總頁數達七三四頁，是繼古繼堂《臺灣新詩發展史》（1989）、張雙英《二十世紀臺灣新詩史》（2006）、古遠清《臺灣當代新詩史》（2008）與章亞昕《二十世紀臺灣詩歌史》（2010）後，第五部專門以臺灣新詩／現代詩／現代漢詩為主題的文學史著作。五本中僅有張、鄭兩部由臺灣學者所撰，也說明了本地長期患有我所謂的「詩史不孕症」（見楊宗翰〈為詩史不孕症解咒〉，已收入本書）。可能因為偏向教科書設計或大學授課用途，張雙英《二十世紀臺灣新詩史》問世後，這本「第一部由臺灣自己寫的新詩史」竟從未見到深度書評，學界反應也很安靜，或該直說是冷漠？相隔十三年後，鄭慧如這部《臺灣現代詩史》一出版，就創造了網路世界罕見，以「詩史」為主題的留言論戰。主戰場在博客來網路書店的「會員評鑑」區，從十月初到十一月初，一個月間出現了118篇留言（因為有網路留言可匿名或用代號的機制，許多不同姓名的發言者，可能都來自同一IP位置）。最奇特的是，作者鄭慧如跟整本詩史裡所占篇幅最多的簡政珍（按：此指在世詩人部分。仙逝詩人中則以洛夫篇幅最多，本書逕以「臺灣現代詩史最重要的詩人：洛夫」為節名）也上網具名留言回應——這大概是網路書店「讀者書評」流行以前，前人難以想像的「『空中』文學論戰」。

紛擾雖多，卻非壞事。我認為鄭慧如《臺灣現代詩史》的出版，是二〇一九年臺灣文學史必須銘記的事件，而且還是一項重要事件。不管正評負評、一星五星，從來沒有一部跟現代詩有關的著作（而且還是學術論著）能夠激發這麼多不同意見，還讓原作者、受評者、滿意或不滿的讀者，甘願現身與即時回應。二〇一九年秋冬之交在全臺最大網路書店的虛擬空間，《臺灣現代詩史》一舉擄獲了文學愛好者關注起向來冷門的「詩史」議題。

無須諱言，網路上對此書的留言評價，還是以簡單點評居多。這對一則「年度事件」來說，不免顯得有些失禮。鄭慧如是以大學教授為主要組成份子的「臺灣詩學季刊社」社務委員，該社除了二〇一九年十二月廿八日於紀州庵新館舉辦「《臺灣現代詩史》座談會」外（李瑞騰教授主持，與談人為陳俊榮、李翠瑛、陳政彥、楊宗翰），也以《臺灣詩學學刊》為園地對外公開邀稿、組織討論專輯。唯受限於學刊之論文審核機制及半年一期出刊頻率（每年五月跟十一月），這個「《臺灣現代詩史》專輯」估計要在此書出版一年後，才能夠正式推出。無論公開座談或是學術期刊，我都以為還是遲了些。詩學界與學術圈，在網路時代沒有理由反應如此遲緩——畢竟，難得有一本大書可以替本地「詩史不孕症」解咒。說來慚愧：正是因為孟樊（陳俊榮教授）與我合著之《臺灣新詩史》，雖有全書八章之過半內容，已於媒體公開發表；寫了逾十年卻遲遲未能收尾及編修成冊，才讓張雙英《二十世紀臺灣新詩史》、鄭慧如《臺灣現代詩史》紛紛「超車」。吾人實在應該深切檢討，最不孕的在哪？原來正是自己。

作為鄭慧如的長期讀者，我一點都不意外她繳出了如此厚

重的文學史著作。她的詩學研究成果與文本解讀功力，近年間都在對岸高校學報上頻繁發表，二〇一五年還成爲首位獲得《江漢學術》「現當代詩學研究獎」的臺灣學者。作爲總決戰式、不曾預演（單篇公開發表）的火力展示，《臺灣現代詩史》帶給我個人的感受有四：學術很強，企圖宏大，體例略亂，資料過多。分述如下：

一、學術很強

迄今五部臺灣新詩史中，鄭慧如《臺灣現代詩史》論述清晰、引證有據、註解規範，從各方面來看都是學術性最強的一部。此書共分爲五章，第一、三、五章皆各有兩篇「附表」，作爲資料補充或佐證之用。書裡不列序言跟後記，最前面有七頁「撰寫說明」，最末處附上十七頁「人名索引」。開個小玩笑：設立索引可以讓臺灣詩人，在最快時間內找到這本文學史「有沒有我」或「爲什麼有他」？是罵我多，還是讚我多？甚至可以從索引上的數量（同一位之出現頻率），看出此人在詩史中的份量——雖然鄭慧如顯然是以詩人在書中所占篇幅大小，來顯示這位詩人於史家心中的份量。她對詩篇解析跟詩行討論深具功力，細讀全書便可發現，每當詩人專論篇幅超過兩千字，便會有細部的詩作分析。另外，這本詩史也可視爲「臺灣現代詩研究的學術史」，從中可以窺得本地現代詩研究多年積累下的成績。本書的隨頁註解之密、所含字數之多，打破歷來臺灣各類文學史的紀錄。這不僅是一部臺灣現代詩史，也可以當作一部臺灣現代詩研究史，並且嘗試含括了臺灣現代詩評論的歷史。當然對於末者，我不能說完全沒有意見：張漢良以一頁篇幅位居「嚴謹批評的起步」，以其成績，或顯太輕；解

嚴後「詩論與詩評的發展」一節，對詩評寫作僅偶一爲之的廖炳惠，卻能以文化論述一項列入討論，又顯得稍重了點。同樣令人焦慮的是「學院詩人」，依書中標準是「在臺灣的高教體系教書，出版過至少一本個人詩集的現代詩創作者」，因爲相對寬泛，就可能漏列（如少了出道甚早的李瑞騰）或者錯位（曾琮琇、陳柏伶都被放在廿一世紀「新興詩人」中；但「學院詩人」名單卻僅見曾琮琇）。

二、企圖宏大

　　鄭慧如要求以「反散文化」作爲詩人能否列入專節討論之標準，並再從中區分出「焦點詩人」、「主要詩人」跟其他。能否列入最高級的「焦點詩人」，檢驗條件爲有百行以上、質量俱佳、展現歷史意識（或生命哲思）厚重感的長詩書寫。經此標準檢視，臺灣新詩史中僅有七位足以列入「焦點詩人」，也只有這七位在書中享有設立專節，討論其長詩成就之待遇。「主要詩人」或其他，則無此禮遇及討論長詩之必要。換言之，史家從頭到底都嚴格遵守自訂之判別基準：「反散文化」與「長詩書寫」。你可以反對、批評、斥責，說這種標準大有問題；但應該無人能夠否認，鄭慧如始終堅守這兩點來完成新詩史的撰寫工程。另一企圖宏大處，展現在她對突顯不曾被視爲「主流」詩人的努力。書中最明顯的例證，我以爲應該是曾經結爲夫妻的張健與蘇白宇。兩人都被鄭慧如列爲「主要詩人」，分別置於第二跟第四章。蘇白宇曾自印出版《待宵草》、《一場雪》、《昨夜風》跟《已殘月》四本詩集，皆未透過出版社正式發行，總共收錄了五一四首作品。挖掘與肯定蘇白宇之成績，允爲這部詩史的一大貢獻；但關於鄭慧如

對張健的評價（她說是「與詩作成就遠不相稱的詩名」），我一來十分肯定其翻案企圖，一來對書中用語還是有些保留。譬如她說：「張健曾為一九五〇─六〇年代重要詩社『藍星』的成員，若包括已出版的詩集，發表了三千首以上的詩，出版詩集超過二十本；又在入學分數最高的臺灣大學長期任教。然而除了余光中、向明、張漢良、俞大綱、高大鵬、唐捐，極少人寫文章談張健的詩。」我不懂詩人的成就跟「在入學分數最高的臺灣大學長期任教」有何關係？張健自臺大退休後，改赴文化大學任教；若依此理，「入學分數不高」的文大是否會對他的詩作成就有所影響？還有，上面從余光中以降的評論者名單堪稱華麗，像這樣還說只是「極少人」，不知道要羨煞多少詩人啊！我推測史家應該是把弘揚張健詩歌成就，當作本書的重要任務之一。使命感在身，無怪乎出現這樣的陳述：「即使在一九八四年出版個人詩選之前，張健出版的詩集已累積超過一千首詩，收在《張健詩選》卻只有六十二首；可見張健創作的熱情與自我評價的高標準。」試問哪部個人詩選不是這種「精選」模式？譬如爾雅曾替十二位臺灣詩人出了十二本「世紀詩選」，每一本都是如此精選，實不足奇。

三、體例略亂

按理說，學術性格很強的《臺灣現代詩史》，體例應該最為整齊。此處所謂「體例略亂」，顯現在細部行文處，而非整體架構上。恐怕就是因為鄭慧如太了解臺灣詩壇動態，加上本身文筆又好，才會偶爾「忍不住」寫了出來。舉兩個例子，第一是「一九五〇─一九六九」這章寫「焦點詩人」余光中跟羅門。她這樣開篇：「二〇一七年，臺灣現代詩史折損極大；一

年之中，兩位一九二八年誕生的龍種溘然長逝。二月十九日，在羅門的告別式上，與他同齡的《藍星》夥伴專程北上送別故友；二〇一七年十二月十四日，羅門這位昔日詩友也被永恆拔過河去。二〇一七年，詩史一下子翻過好幾頁，掀得好艱難。」文字飽滿，情感動人，但就是不太適合放在詩史中，因為顯得太過出格（如果全本或多數皆如此寫法，自然另當別論）。另一例證第四章「解嚴到世紀末的繁花盛景：一九八〇—一九九九」，史家談白靈時寫道：「臺灣詩學季刊雜誌社成立以來，白靈除了五年任內的主編之外，更長期擔任隱形社長、地下主編，是包辦臺灣詩學季刊雜誌社所有詩活動的最大『幕後黑手』，推動潮流興替中的許多詩活動，掀起兩岸詩壇、本土民間、學界論述、文化媒體對當代詩的重視，是詩社幾乎隨時待命的『備胎』，見證臺灣詩學季刊社主導下的臺灣現代詩發展。」我也是該社成員之一，必須公允地說這段引文句句屬實；但放在一部臺灣新詩史裡，這段話怎麼看、怎麼讀都顯得怪異，行文中同樣犯了體例出格之病。但我也該補充一句：鄭慧如既是余光中指導畢業的政大中文博士，也是臺灣詩學季刊社的成員。但在這部《臺灣現代詩史》裡，她對余先生跟臺灣詩學的評價並無偏頗，恪守了文學史家的本分與良知。

四、資料過多

　　撰史者既是女性學者，是否會刻意突顯臺灣新詩史裡女性的聲音？統計全書討論到的一〇九位詩人，其中有二十二位女詩人，約占五分之一。這個比例應該也是迄今五部新詩史中，女性所占比最高的。雖然這是一本十八開（17×23公分）、總頁數七三四頁的大書，可以安置相當豐富的資料與資訊；但

我還是覺得，資料部分若能適度「瘦身」，對這部詩史的完整度或許無損，反而可以挪來處理其他部分。譬如第三跟五章各有兩篇「附表」，列出歷來文學獎得主時，有些寫明獎金、有些卻不寫，體例有別，不知何故？這些附表所占頁數不低，若能拿來換取擴充最後一章最後一節的兩頁「結語」，不知該有多好。尤其全書正文最後一頁對「七〇後」詩人、「厭世代」風格、「截句詩」推廣，史家鄭慧如於此三者應該都「有話要說」卻戛然而止，讀起來難免感到不夠過癮。我也有些懷疑：資料部分（包含詩人簡歷與著作）之每章占比，是否影響了每位被評論者的篇幅配置？譬如我就不太能夠理解，全書唯一一位被評論的「八〇後」詩人羅毓嘉擁有完整的三頁，竟比三位「五〇後」詩人楊澤、羅智成、夏宇（皆未滿三頁）還略多些，道理何在？各章、各節之間的統一與平衡本非易事，但在一部詩史中畢竟「篇幅就是一種評價」，詩人、讀者、史家料想都會再三計較，寸土不讓。

臺灣《現代詩》上的香港聲音
馬朗・貝娜苔・崑南

一、

　　詩人與詩運領袖紀弦於1953年2月創辦《現代詩》，3年後成立「現代派」、提出六大信條，一舉使《現代詩》成為戰後臺灣現代主義詩潮的前鋒與重鎮。1959年3月，這份刊物開始由盛轉衰，一直勉強支撐到1964年2月（第四十五期）終於不得不停止出刊。儘管如此，就文學史的角度而論，五〇年代臺灣詩壇幾乎可以逕稱為「《現代詩》的時代」。在學界關於《現代詩》季刊的眾多研究中，至少有兩篇必須一讀：一為奚密借助布迪厄（Pierre Bourdieu）的理論，從文學社會學角度對《現代詩》所作的考察；一為政治大學中文所陳全得的博士論文〈臺灣《現代詩》研究〉。[1]兩文雖篇幅大小不一，論旨亦各有所重，然皆頗具參考價值。

　　不過，關於《現代詩》與其他刊物間「跨國」交流、互動的問題，顯然尚未得到應有的重視。1956年，紀弦在《現代詩》第十三期提出了六項「現代派的信條」；同一年間，與臺灣一水之隔的香港，誕生了由馬朗主編、力倡現代主義的《文

1　兩文分別是：奚密，〈在我們貧瘠的餐桌上──五〇年代的《現代詩》季刊〉，收於周英雄、劉紀蕙編：《書寫臺灣》（臺北：麥田，2000），頁197-229；陳全得，《臺灣「現代詩」研究》（臺北：國立政治大學中國文學研究所博士論文，1999）。關於詩運領袖紀弦之研究，可參見拙著〈中化「現代」──紀弦、現代詩與現代性〉。收於楊宗翰：《臺灣現代詩史：批判的閱讀》（臺北：巨流，2002），頁285-315。

藝新潮》。[2]在主編紀弦、馬朗的穿針引線下，兩份刊物從隔海遙望，迅速地提升為實質的互助與唱和。譬如在行銷、發售上，「現代詩社」作為《文藝新潮》的「指定臺灣總代理」，有提供當期、過期雜誌函購的服務。[3]至於唱和，指的是《文藝新潮》與《現代詩》都曾製作專輯，介紹、推薦對方同仁的力作。《文藝新潮》第九及第十二期就分別刊出「臺灣現代派新銳詩人作品輯」、「臺灣現代派詩人作品第二輯」，登場的臺灣詩人有：林泠、黃荷生、薛柏谷、羅行、羅馬（商禽）、林亨泰、季紅、秀陶等。[4]方思和紀弦除了在此發表詩創作，也譯介了不少德、法現代詩。馬朗則是《現代詩》各期「英美現代詩選」專欄最主要的翻譯者，持續為臺灣文化界提供英美詩人、詩作的新訊。這些譯介顯然也對臺灣的詩創作者產生了程度不一的影響。

　　至於臺灣《現代詩》上的香港聲音，集中顯現於第十九期（1957年8月）的「香港現代派詩人作品一輯」。這個專輯號稱由「香港文藝新潮社」推薦，選刊了馬朗、貝娜苔、李維陵、崑南、盧因五家詩作，並附上個人簡歷。在此將介紹其中

---

[2]　自1956年起《文藝新潮》共出版了15期，至1959年停刊。鄭樹森在〈五、六十年代的香港新詩〉中指出：《文藝新潮》對外國現代主義詩作及運動的譯介，於英、美、法、德之外，尚能照顧拉丁美洲、希臘、日本等地重要聲音。其世界性的前衛視野，在當時兩岸三地華文刊物間堪稱獨一無二。見黃繼持、盧瑋鑾、鄭樹森：《追跡香港文學》（香港：牛津大學，1998），頁43。

[3]　《現代詩》第十九期（1957年8月）曾刊載如下啟事：《文藝新潮》「已蒙僑委會批准登記，內銷證不日發下，即可大量運臺交由本社總經銷，誠屬高尚的讀者們之一大喜訊也」（頁43）。

[4]　方旗則是另一個有趣的例子。在臺灣幾乎不太發表詩作、全數直接出書的他，居然於《文藝新潮》第十三期（1957年10月）一口氣發表9首作品（〈江南河〉、〈四足獸〉、〈守護神〉、〈火〉、〈BOAT〉、〈火災〉、〈夜窗〉、〈蜥蜴〉、〈默戀〉）。

影響與成就較高的三位詩人（馬朗、貝娜苔、崑南），再各舉一首代表詩篇試作分析。

二、

　　馬朗，本名馬博良，1933年生，上海聖約翰大學畢業。1950年抵港前曾主編《文潮》月刊、擔任上海《自由論壇報》文藝版編輯，並著有短篇小說集《第一理想樹》。1959年《文藝新潮》停刊後，詩人於1963年離港赴美定居，直到1976年才出版詩集《美洲三十弦》（臺北：創世紀詩社）。評論家王建元稱此部詩集為「我國當今詩壇中，最典型因放流在外而發出『這時代的呼聲』的作品」、「差不多全集詩都與放逐有關，不是因放逐而直接傾訴鄉愁，就是用反諷的語調來抵抗外國文化的擊撞。不是因流浪而表達出一種無奈，就是努力地企圖尋求一種超越國家民族的均衡」。[5]詩人1945到61年間的詩作，更遲至1981年方結集出版為《焚琴的浪子》（香港：素葉），〈北角之夜〉即收錄於本書第四輯中。這首詩寫於1957年5月24日，曾刊於《現代詩》季刊第十九期。全詩計18行，共分四段，每段之行數分別為「四—五—四—五」。[6]首段為：

　　　　最後一班的電車落寞地駛過後
　　　　遠遠交叉路口的小紅燈熄了

5　王建元，〈戰勝隔絕〉。見陳炳良編：《香港文學探賞》。香港：三聯，1991，頁191。
6　《現代詩》當年在刊登〈北角之夜〉時，竟誤將第三與第四段合併為一，今之讀者不可不察。

> 但是一絮一絮濡濕了的凝固的霓虹
> 沾染了眼和眼之間矇矓的視覺

上海與香港是詩人赴美定居前，文學生命中的重要「雙城」。早在1904年，電車就逐漸成為香港都市景觀的一部分；約莫4年之後，上海才開始有電車行駛。電車作為彼時現代化都市的象徵而入詩、入文，其實並不令人感到驚奇（另一個例子是張愛玲的小說）。〈北角之夜〉最令人驚奇處，應是超現實的（感官）探索與現實／記憶的（時空）交替。首句中「最後一班」、「落寞地駛過」的電車，既為現代化都市生活一景，也代表著詩人所寄寓的香港「現實」世界。「交叉路口」正是時空交替、導實入幻處。作為訊號的「小紅燈」會「熄了」，暗示詩之場景將由當今「現實」轉入往昔「記憶」。具現於意識層面的「現實」雖容易描述，但隱伏於潛意識暗流的「記憶」卻難以捕捉，故詩人藉助超現實手法寫下：「一絮一絮濡濕了的凝固的霓虹／沾染了眼和眼之間矇矓的視覺」。絮者，《說文》釋為「敝綿也」。霓虹為英語neon的音譯，坊間常見之霓虹燈（多用於廣告或裝飾），是在真空玻璃管中充填氖、氬等惰性氣體，將兩端通電後便能放出各色的光。霓虹跟電車一樣是現代都市的產物；但在此詩中卻是「凝固的」，且如棉花般「濡濕了」——可見此處的霓虹已逸離都市「現實」，轉為夢中之物，還可以「沾染」上「矇矓的視覺」。「矇矓的視覺」不單表示已漸入夢境或幻境，也暗指到了該發揮、探索其他感官功能的時刻（如下面幾段的聽覺、觸覺等）。

於是陷入一種紫水晶裡的沉醉

彷彿滿街飄盪著薄荷酒的溪流

而春野上一群小銀駒似地

散開了，零落急遽的舞孃們的纖足

登登聲踏破了那邊捲舌的夜歌

〈北角之夜〉第二段的氛圍與畫面非常活潑，與首段之「由動入靜」形成強烈對比。「朦朧的視覺」導引敘述者陷入「紫水晶裡的沉醉」與「薄荷酒的溪流」，可是這種感官的愉悅享受在後三行起了變化：夢境開始摻雜了昔日中國經驗的「記憶」。如果說「春野上一群小銀駒」來自作者早年的中國記憶，「急遽的舞孃們的纖足」便可能是詩人香港生活場景在夢中的投影。第五行巧妙地以「踏破」一語結合了銀駒製造的「登登聲」和舞孃們「捲舌的夜歌」，用文學想像一次統整鎔鑄出今日香港與昔日中國兩地的「生命世界」（Lebenswelt，指個別主體實際組織而體驗過的現實），堪稱詩人詩藝的傑出展示。筆者以為，這三行詩句便足以道盡五○年代「南來作家」馬朗內心之複雜。

玄色在燈影裡慢慢成熟

每到這裡就像由咖啡座出來醺然徜徉

也一直像有她又斜垂下遮風的傘

素蓮似的手上傳來的餘溫

永遠是一切年輕時的夢重歸的角落

也永遠是追星逐月的春夜

所以疲倦卻又往復留連

已經萬籟俱寂了

營營地是誰在說著連綿的話呀

　　「玄色」即指黑色，謂其「在燈影裡慢慢成熟」是大家筆法，將前一段之活潑與動態，「慢慢」轉向靜謐的抒情。第二行「這裡」指的是夢境而非現實中的北角，「這裡」可以讓敘述者安閒自在地「醺然徜徉」，更可使他透過觸覺感知到「她」那「素蓮似的手上傳來的餘溫」。詩中並未交代「她」究竟是誰，也許是敘述者「年輕時的夢」（夢中情人）吧？當敘述者握著曾被「她」素蓮般的手碰觸過的傘柄，不但可以感受到「她」未褪的「餘溫」，也彷彿贖回了自己已逝的青春年少。面對這場借助記憶與夢以抗衡「現實時間」的戰爭，敘述者雖然感到「疲倦」卻遲遲不肯放棄，寧願選擇「往復留連」。全詩原可就此打住，但詩人居然又設計了一個特別場景：已是「萬籟俱寂」之刻，竟有人在「說著連綿的話」！仔細想想，詩中那神祕的「誰」，難道不是要求敘述者返回首段那「交叉路口」的「現實時間」嗎？

三、

　　貝娜苔，本名楊際光，另有筆名羅繆。1926年生於中國大陸，2001年12月9日病逝於美國。五〇年代初期詩人抵達香港，曾先後擔任《幽默》（徐訏主編）和《文藝新地》（李輝英、林適存等主編）的編輯，並於《香港時報》、《文藝

新地》、《海瀾》等刊物發表大量詩作與翻譯。[7]詩人於1959
年移居馬來亞，先後在《虎報》、馬來亞廣播電臺與《新明
日報》任職，1974年又再度移居美國。大約在1968年前後，
貝娜苔出版了一部詩集《雨天集》（香港：華英，無出版日
期），一共收錄八十多首詩作。詩人在本書〈前記〉中寫道：

> 我並不是在正常的環境裡長大的。等到長大，已經被投
> 入一個十分混亂的世界，一切都與我所習慣的感受那麼
> 隔膜，互不相容，過去戰爭留下的重疊疤痕，未來衝突
> 的漸近的爆發，帶來生活的動盪，精神的緊張，也造成
> 了傳統與秩序的崩敗，我侷處於外來和內在因素的夾擊
> 中，無法獲得解救。在極度的心理矛盾下，我企圖建砌
> 一座小小的堡壘，只容我精神藏匿。我要闢出一個純
> 境，捕取一些不知名的美麗得令我震顫，熾熱得灼心的
> 東西，可將現實的世界緊閉門外，完全隔絕。

前有戰爭的歷史傷痕，後有無止盡的流離失所，讀者當不
難明瞭貝娜苔為何想要用詩「闢出一個純境」、「將現實的世
界……完全隔絕」了──這些也正是他早期創作的重要特色。
這裡所選的〈墳場〉曾刊於《現代詩》季刊第十九期，全詩共
分五段，每段各四行。

　　踏進睡鞋的輕輕，

7　貝娜苔也曾在臺灣發表過桑泰耶納（Santayana）的譯詩，見《現代詩》第十七
　　期（1957年3月），頁30。

柔滑如花舟遠飄，
木槳舞起黝黑的臂，
拍擊流水含淚的不捨。

一徑清淒瀉落，
在夢遊裡搖曳，
掃除漫漫黃沙的溫熱，
直伸到一腔長暗。

在五○年代香港詩壇中，貝娜苔的位置十分特別。他的詩
乍看下「貌似」格律派的產物，實際上卻比力匡、林以亮等人
的創作更有詩味，也更重視思想；同樣深受西方現代主義影
響，《文藝新潮》中馬朗、崑南的詩卻比貝娜苔來得「前衛」
許多，易使讀者眼睛一亮。處於守成與革新間的尷尬，對貝
娜苔的詩創作似乎沒有太多負面影響，倒是讓他同時兼具有
兩方之長。貝娜苔擅以詩歌創作建構出一個內在世界（「純
境」），並援此作為對外部現實的反應（而非「反映」）。以
秩序取代混亂、藉想像梳理現實，〈墳場〉一詩正是個很好的
例子。全詩在作者一貫制約而內斂的語調中展開：「睡鞋」是
死亡的象徵，一旦「踏進睡鞋」便進入了最後的長眠。作者接
著以「花舟遠飄」來比喻這場死之旅程。從「輕輕」、「柔
滑」、「花舟」、「舞起」等詞看來，所謂死亡或「墳場」
並不可怕。首段三、四兩句先從划動船槳聯想到「流水含淚的
不捨」，已是詩家妙筆；更可再連結至次段「瀉落」的「清
淒」（指悲涼淒苦皆流洩而下，一滌而盡）與夢遊裡「搖曳」
諸語。

正因爲前面有這麼多關於水的意象，才可能「掃除漫漫黃沙的溫熱」。末句的「一腔」爲滿腔之意，多見於「一腔熱血」、「一腔心事」等。援「一腔」來形容「長暗」，作者或是要取「腔」字之「中空」意涵？

> 今天生疏了熟悉的歸去，
> 將勸促草的軟指安靜，
> 不要再驚動我身邊
> 安眠的蚯蚓含羞的笑。
>
> 祇伴以低沉的吟誦，
> 讓悼歌對亡失者遞送親切；
> 靜靜諦聽泯蝕的碑碣，
> 在讚述死的顏色的高潔。
>
> 誰又能作精深的剖説，
> 豈是迷途於客地的小蟻，
> 地上有高高的樹的害怕，
> 一直因在凌空的空虛。

第三、四兩段場景一變，由海上飄舟轉爲大地孤墳。然而「亡失者」畢竟不孤──不但會有悼歌「遞送親切」，墳地旁「草的軟指」及蚯蚓都將安靜伴其長眠。死亡並不足懼，只是「生疏了熟悉的歸去」；或者，還可以這新世界的寧靜秩序來取代外部現實的混亂不堪。

　　貝娜苔作詩特重思想性，〈墳場〉一詩第五段可以為例。一個迷途客地、一個困守高空，「小蟻」與「高高的樹」兩者究竟誰感受到較多的不安？誰又比較趨近死亡？其實，不管是小如蟻或是高如樹，都同樣得面對死亡這「惘惘的威脅」。[8] 現實世界裡身分高低有別的你我他，在死亡面前不也一樣平等？一樣得「靜靜諦聽」？

四、

　　崑南，原名岑崑南，另有筆名葉冬。1935年生於香港，畢業於華仁書院。早年曾在《星島日報》發表「裸靈片斷」，並與葉維廉、王無邪等人創辦《詩朵》，出版《吻，創世紀的冠冕！》（香港：詩朵，1955）及全書無頁碼的小說《地的門》（香港：現代文學美術協會，1961）。五、六○年代起陸續與人合資或獨資創辦《新思潮》、《好望角》、《香港青年周報》、《新週刊》，其間還曾開過印刷廠。近年則整理、出版了短篇小說集《戲鯨的風流》（香港：閱林，1998）與長篇裝置小說《天堂舞哉足下》（香港：科華，2001）等。現為專欄作家，並主編《詩潮》，在香港文化界依舊非常活躍。

　　《現代詩》第十九期曾刊出崑南詩作〈三月的〉與〈手掌〉[9]，但代表性遠不及他同時期於《文藝新潮》發表的〈賣夢的人〉與〈布爾喬亞之歌〉。〈布〉詩原載《文藝新潮》第

8　「惘惘的威脅」一語借自張愛玲〈《傳奇》再版自序〉。見張愛玲：《傾城之戀》（臺北：皇冠，1991），頁6。

9　《創世紀》則刊登過崑南翻譯的英國詩人湯恩根（Thom Gunn）作品。見《創世紀》第十九期（1964年1月），頁63。

七期（1956年11月），雖為逾百行長篇，卻能儘量避免重蹈《吻，創世紀的冠冕！》雜蕪之弊，值得一讀。全詩分四節，每節之段數、行數不一。詩前有兩則小序，一為T. S. Eliot在"The Love Song of J. Alfred Prufrock"中的名句「我用咖啡匙量走了我的一生」（I have measured out my life with coffee spoons）；一由無名氏（卜乃夫）所撰：

> 這個時代，沒有悲觀，只有毀滅。毀滅不需要你有任何觀念和情緒，只許你兩件事：腐爛和死！……越是偉大的時代，個人越平凡！……反正要沉到海底了，喝最後一滴酒吧！和女人睡最後一夜吧！這份沉淪，是時代的玫瑰，智識份子襟上不插一朵，就不算真智識份子。

　　兩則小序一洋一中（頗似香港當年的殖民地「現實」），但同樣瀰漫著憂鬱與頹喪的情緒。布爾喬亞（Bourgeois，或譯中產階級）在資本主義社會中，的確過著單調、重複、機械而工具化的生活。這種「非人」的地位結合了香港的殖民地情境，便成為全詩敘述者「我」生命中不可承受之重。所幸，「腐爛和死」畢竟不是崑南願意接受的命運；作為一個知識份子型詩人，他選擇以「我不入地獄，誰入地獄」之姿，去體驗「毀滅」和「沉淪」並從中尋求解放之道。我們因此可將〈布爾喬亞之歌〉視為一份時代病徵的診斷書──雖然作者並沒有提供任何特效藥或治癒保證。

　　窗外，一塊烏雲，一個沉悶的形狀

　　這時，寂寞正如矗立著的建築物
　　毫無目的，簡單的：我癱瘓地伏在床上
　　任從收音機震顫，而自己帶著猶豫的恍惚

　　「該下雨的時候了。」我迷惘地自語
　　吃驚地爬起來，不敢追想夢裡的場景
　　下了床，和鏡裡那雙無神的眼睛相遇
　　孤獨的夕陽開始拉瘦了我孤獨的身影
　　桌上那灰色打字機是一副呆鈍的模樣
　　拼出生活不變的母音：A,E,I,O,U
　　我穿上汗味的夏威夷匆匆下樓，一邊唱：
　　"IF I give my heart to you ..."

　　〈布〉詩第一節中充斥著如下字眼：沉悶、寂寞、癱瘓、猶豫、恍惚、迷惘、無神、孤獨、呆鈍……。布爾喬亞生活的單調和機械，竟使「我」幾乎不再是一個完整的、能動的「主體」，只能／只想等待外來的變化。詩中的「夢」與「雨」便是這類變化的契機；但「我」既不敢追想「夢裡的場景」、「雨」又將下而未下，於是只有持續等待下去。「灰色打字機」既象徵「我」灰色的生活，也是役使主體「我」勞動的工具。「A,E,I,O,U」讓人聯想到韓波（Arthur Rimbaud, 1854-1891）名詩〈母音〉——韓波寫作此詩時，大概也與崑南同樣年紀。只是兩者所要傳達的訊息天差地遠，心境更是迥異。葉維廉曾經指出，韓波與崑南的共通處在於：為對抗工業社會下「人」被物質化與商品化的絕望處境，詩人希望能透過五官

官能的感覺來宣稱「人」之非物與非商品。[10]從第一節末兩行到第二節前四行「一個光管的夜／華爾滋的夜／茄士咩的夜／我走進夜」，敘述者「我」開始進入這場色、聽、味、嗅、觸的官能之旅。在戲院、舞廳、街上的妓女、「匆忙的車輛」和「麻木的人群」間，「我」走進夜……。

　　相較於第一節的散文化文字描述，第二、三節詩人採取了完全不同的舉隅（synecdoche）和具象（concrete）手法來寫作。舉隅指的是以部分說明全體，如第二節「華爾滋的夜」、「威士忌的夜」等；具象則是以文字的排列、組合、變化來達到特定視覺效果，如第三節：

　　　風，緊摟我；風，狂吻我
　　　我撞向時間，我撞向空間
　　　呵
　　　希望
　　　是
　　　大
　　　大
　　　大
　　　大
　　　呵

　　　車輪滾上，終極的熱狂

---

10 葉維廉〈自覺之旅：從裸靈到死〉，見陳炳良編：《香港文學探賞》，頁176。

又似無盡頭的絕望
我帶著翅膀
飛去閃白的天堂

呵
生命
是
長
長
長
長
呵

　　戰前香港詩史中，鷗外鷗的創作就有很強的具象詩傾
向。[11]但鷗外鷗當年這批詩作，對五〇年代的香港新詩發展並
未有太大影響。所以與其說崑南〈布〉詩是在踵武前賢，筆者
寧可視之為青年詩人對藝術手法的天生敏感。

　　在第三節末尾，騎著摩托車撞向時間與空間的「我」幻想
自己是「一九七六年諾貝爾文學獎金獲選人」，且「美麗的富
商千金愛上我說要和我結婚」、「是中國的天才震撼白色的種
族！」……。這些幻想混雜了布爾喬亞階級的世俗期待與殖民

11　鷗外鷗（1911-1995），原名李宗大，廣東東莞人，著有《鷗外詩集》（桂林：
　　新大地，1944）等。鷗外鷗〈乘人之危的拍賣〉、〈軍港星加坡的牆〉、〈被
　　開墾的處女地〉、〈第二回世界訃文〉等許多創作，都帶有具象詩之傾向。這
　　些作品大多是他三、四〇年代的實驗成果；臺灣詩壇則遲至五〇年代，才有林
　　亨泰等人開始大量運用這類前衛的手法寫作。

地人民（一體兩面）的自卑／自大，更突顯出「我」其實也只接受慾望法則的制約與操弄。所以「我」才會在第四節中祈求「有東西叫我恐懼、篤信和愛戀」，並幻想「輕逸的仙子會來自天宮／牽引我遠離不滿足之門」。

　　不過「我」的這些期待，終究全都落了個空。唯一達成、滿足「我」心願的，只是第一節裡所等待的那場雨，在第四節「雨，真的下了」。但雨水卻是「鞭似的，殘酷地抽打著臉」[12]，這是否在告訴讀者：「毀滅」和「沉淪」，依舊是布爾喬亞不可逃避、無法超越的宿命？詩人最後讓敘述者「我」選擇「逃出夜」——從「走進」到「逃出」之間，〈布爾喬亞之歌〉呈現了一個時代的集體病徵，卻無力提供救贖的絲毫可能。

12　《文藝新潮》刊出時原為「殘酷地抽打的臉」。衡量上下文脈絡，可確定「的」字應為「著」字之誤。

日常一年，非常一年
以2015臺灣現代詩為例

　　二〇一五是臺灣現代詩發展日常的一年，也是非常的一年。在文學媒體影響力漸失、紙本出版呈現跳水式衰退、數位出版銷售未見大幅成長的多重不利因素下，臺灣現代詩倒是持續穩健發展，彷彿沒有絲毫疲態。僅以量計，臺灣全年度的詩集出版量達到169本，其中158本是個人詩集，詩選集或詩合集則占了11本。在詩學研究上，臺灣各大學系所於2015年共生產了42部有關臺灣現代詩的學位論文，其中3部是博士論文，39部是碩士論文——這些還只是學院內碩博士班研究生的成果，尚未加上大學教師及民間詩評家的出版品。如果數字真會說話，那代表二〇一五的臺灣現代詩，繳出了可能是近五年來最好的一份成績單。唯知數量而不辨質地，總不免讓人起疑，故本文以下擬從詩集出版、詩學研究、學術會議、詩歌活動四項切入，試析2015年臺灣現代詩之發展狀況，說明其如何在日常中展演非常，交織出屬於這個時代的詩歌風景。

一、詩集出版

　　「世代交替完成否？」在臺灣現代詩上面，是個不值一駁的假議題。青年詩人用作品雄辯地自我證明，中壯世代亦不懈奮進，連七、八十歲這輩「耆齡」詩人也時有新作。我以為世代不必然得你死我活、敵我二分式的那般交替，但臺灣六、七年級詩人（大陸所謂70後、80後）的出版量，晚近儼然已占有相當大的比例。以2015年一月出版的五部新詩集為例，一

為1948年出生的江自得《現代俳句集》（高雄：春暉），一為六年級詩人鯨向海的《A夢》（桃園：逗點），另外三本皆為七年級詩人作品：羅毓嘉《我只能死一次而已，像那天》（臺北：寶瓶）、李雲顥《河與童》（新北：小寫創意）、張日郡《離蝶最近的遠方：遠行、攝影與詩的越界》（新北：遠景）。同屬現代詩集，類型卻也各有差異，譬如《現代俳句集》收錄江自得中文詩及日譯版本（譯者為黃雅惠），《離蝶最近的遠方》則由張日郡同時擔任詩創作者與攝影者。此類出自一人之手的詩歌／影像結合，2015年尚有崔香蘭《99》（作者自印）、喜菡《最女人》（高雄：大憨蓮文化工作室）及隱匿《足夠的理由》（新北：有河）等。葉覓覓《越車越遠》（臺北：田園城市）、賀婕《不正》（臺北：二魚）、阿米《我的內心長滿了魚》（臺北：釀出版）則是圖與詩的交融，各自展現其藝術跨界表達能力。許水富第十一本詩集《噪音朗讀》（臺北：釀出版）則是除了詩文本，在攝影作品及版面編排上亦精心呈現，整本書就宛如一部視覺藝術成品。廣播節目製作人兼主持人洪嘉勵，以嘉勵・賈文卿為筆名繳出首部個人詩集《出詩婊》（新北：角立），也是從聲音跨足文字的例子。有逾十年肚皮舞孃資歷的廖之韻，將詩與舞蹈連結後寫成第三部詩集《好好舞》（臺北：奇異果）。曾出版散文集《昨天是世界末日》的七年級作家湖南蟲，亦於2015年推出童書《貓大街有事：投下你神聖的一票》與詩集《一起移動》（桃園：逗點）。湖南蟲的三本書雖然文類有別、風格迥異，但長短詩中皆難掩其豐沛的抒情質地：「迷路在我房間的一隻螞蟻／還在尋找／已經不在的那個人」（〈逗留〉）。六年級吳懷晨也是詩文雙棲，散文集《浪人之歌》與《浪人吟》（新

北：木馬）皆是東海岸行吟下的書寫成果。2015年推出首部個人詩集後備受矚目的青年詩人，我認為應有蔡琳森《杜斯妥也夫柯基：人類與動物情感表達》（臺北：南方家園）、陳柏伶《冰能》（臺北：一人）、陳少《被黑洞吻過的殘骸》（新北：印刻）與莊子軒《霜禽》（臺北：唐山）四位。任明信第二部詩集《光天化日》（臺北：黑眼睛）問世更堪稱年度焦點，可惜黃以曦的序文實在令人困惑，彷彿比詩更考驗讀者的悟性。

除了初試啼聲的青年詩人，中壯世代名家在二〇一五豈會缺席？蕭蕭《月白風清》與《松下聽濤》（臺北：釀出版）、奎澤石頭《曙光》（臺北：唐山）、陳克華《一》（臺北：釀出版）、陳黎《打狗明信詩片》（新北：印刻）、蘇紹連《時間的背景》（臺北：釀出版）、古添洪《書寫在歷史的鞭韉裡》（臺北：萬卷樓）、鴻鴻《暴民之歌》（臺北：黑眼睛）、鄭烱明《凝視》（高雄：春暉）、汪啟疆《季節》（臺北：九歌）、羅智成《夢中書房》（臺北：聯合文學）、林梵《日光與黑潮》（新北：印刻）、岩上《變體螢火蟲》（新北：遠景）、翁翁《緩慢與昨日：記憶的島，以及他方》（臺北：文訊）、江自得《手記2014-2015》（高雄：春暉）與陳家帶《聖稜線》（新北：印刻）皆屬此列。

八十多歲「華齡」詩人余光中與張默，出版了新作《太陽點名》（臺北：九歌）及《水汪汪的晚霞》（新北：印刻）。經典詩集改換出版社、以增訂新版面貌問世者，有鄧禹平《我存在，因為歌，因為愛》（臺北：爾雅）和孫維民《拜波之塔》（新北：有河）。翻開詩集後內頁全是白紙，只有掃描QR code方能檢視電子版的許赫《騙了50年》（新北：角

立），應屬2015年最具行動詩學概念的「詩詐騙」。詩選集部分，陳義芝主編《2014臺灣詩選》（臺北：二魚）、江自得等編選《2014年臺灣現代詩選》（高雄：春暉）這北南兩大詩選，收錄詩作對太陽花學運、高雄氣爆、黑心油品等現實議題皆有反映／反應，唯方法與技巧各有巧妙。涂靜怡主編之《戀戀秋水》（臺北：漢藝色研），則是《秋水詩刊》創刊40週年的總結性詩選，不免帶有濃厚的「謝幕」味道。

　　《聯合報》、《中國時報》、《自由時報》、《人間福報》、《中華日報》副刊，提供了詩作不少發表空間。更大的一塊發表空間應在詩刊，《大海洋》、《吹鼓吹》、《海星》、《乾坤》、《笠》、《野薑花》、《創世紀》、《葡萄園》、《衛生紙》與2015年年底創刊的《兩岸詩》，都以選登來稿或企劃徵詩為主；《臺灣詩學學刊》與《當代詩學年刊》以雙重匿名審查方式選刊研究論文，編輯委員多屬學術界人士，跟各家詩刊成員背景及辦理宗旨有別。

二、詩學研究

　　自從現代詩成為臺灣各中文系／臺文系／華文系課程建置裡的一環，相關的詩學研究成果，便不斷從學院內部產生。2015年臺灣各大學生產出42部關於臺灣現代詩的學位論文，其中三部是博士論文，研究主題涵蓋記憶、區域及語言：沈曼菱〈臺灣現代詩的記憶書寫研究〉（臺中：中興大學中國文學所，林淇瀁指導）、鍾宇翡〈臺灣戰後屏東現代詩研究〉（高雄：高雄師範大學國文學系，林文欽指導）與黃建銘〈二十一世紀臺語詩：場域發展與書寫主題之研究〉（臺南：成功大學歷史學系，林瑞明指導）。另外39部碩士論文以詩人個論占

最大宗，研究對象計有：洛夫、楊喚、管管、林亨泰、商禽、楊牧、余光中、蓉子、林煥彰、羅智成、吳晟、李昌憲、林武憲、莫渝、朵思、陳黎、林沈默、曾貴海、陳義芝、焦桐、張錯、簡政珍、陳育虹、尹玲、初安民、沈花末、嚴忠政、葉青、凌性傑、林婉瑜、楊佳嫻。舉凡上述詩人的鄉土意識、感覺結構、海洋書寫、詞彙風格、地誌詩學、結社模式、文化認同、身體書寫、傳播現象、生命情懷、古典情思，都成為當代青年研究者的關注及探討焦點。也有部分研究生欲跳脫習用之作家個論或作品研究，譬如顏昀真〈論臺灣新詩結社模式的延續與斷裂〉（臺北：臺灣大學臺灣文學所，蘇碩斌指導）、葉筱妍〈當代客語詩中的地方書寫及其GIS應用〉（屏東：屏東科技大學客家文化產業所，李梁淑指導）、鄒鳳雲〈現代文學與影音傳播：以現代詩與舞臺劇的文學文本為範圍〉（新北：淡江大學中國文學系碩士在職專班，崔成宗指導）等，皆有可觀之處。

　　檢視各校各所的現代詩相關學位論文，2015年高雄師範大學國文教學碩士班共有11篇，勇奪冠軍。且該校僅林文欽教授一人便指導了5篇，亦是年度指導教授「現代詩類榜首」。在碩博士研究生成果之外，大學教師及民間詩評家的出版品亦不少。其中有些是學位論文修改後印行出版，如淡江中文所夏婉雲博論《臺灣詩人的囚與逃──以商禽、蘇紹連、唐捐為例》（臺北：爾雅），透過梅洛龐蒂、拉康等人學說，解碼三個不同世代臺灣詩人的「囚」與「逃」意識。政治大學臺文所陳芳明教授《美與殉美》（臺北：聯經）分為兩輯，一為主題式綜論，一為詩人個論，以感性文字分享自己四十年來的讀詩經驗。元智大學中語系李翠瑛副教授的《石室與漂木──洛夫

詩歌論》（臺北：秀威經典）收錄五篇論文，既有大範圍客觀論述，亦有細部分論與一篇詩人採訪。明道大學舉辦「2015曠野的迴響——席慕蓉詩歌學術研討會」後，亦將李癸雲、洪淑苓、林淑貞等十位學者的論文結集成冊，印行《草原的迴聲——席慕蓉詩學論集》（臺北：萬卷樓）。還有一種是外文版詩學研究的中譯，如香港科技大學人文學部黃麗明教授2009年著作*Rays of the Searching Sun: The Transcultural Poetics of Yang Mu*，經詹閔旭、施俊州中譯，曾珍珍校譯後以《搜尋的日光：楊牧的跨文化詩學》（臺北：書林）新貌出版。

三、學術會議

　　2015年共有五場關於臺灣現代詩人的學術會議，分別探討渡也、葉日松、王白淵、楊牧與何金蘭（詩人尹玲）。現將五場會議資訊及與會發表者羅列於下：

㈠中正大學臺文所主辦之「地方、認同與回歸：經典人物『渡也』國際學術研討會」，2015年5月1-2日於中正大學舉行。渡也演講〈地方、認同與回歸——我的文學創作〉、李瑞騰演講〈陳啟佑的知識生產及其社會實踐〉、劉千美演講〈閱讀詩意：臺灣文學、世界與認同的美學提問〉，論文發表者計有張娟、陳文成、游家睿、王升、張依蘋、林益彰、黎活仁、沈玲、柳水晶、羅德仁、張放、向陽與趙文豪、楊學民、陳夫龍、楊曉帆、方環海與沈玲、呂周聚、林餘佐、劉新鎖、趙普光、孟凡珍、丁威仁、陳韻琦、許劍橋、汪衛東與張鑫、白靈、洪國恩、楊姿、王曉文、欒慧、游翠萍、鄭振偉、葉衽榤。

㈡花蓮縣政府客家事務處主辦之「纏綿依戀的鄉土情懷：葉

日松文學作品研討會」，2015年8月22日於花蓮縣客家文化會館舉行。葉日松演講〈春花秋月何時了——從《老屋的牛眼樹》談起〉、張芳慈演講〈為有源頭活水——好蒔詩田〉，論文發表者計有謝玉玲、曾秋馨、黃永達、賴子涵、黃靖嵐、左春香、劉煥雲。

㈢明道大學主辦，國立臺灣文學館、彰化縣文化局、彰化市公所合辦，明道大學國學研究中心執行之「踏破荊棘締造桂冠——王白淵逝世五十週年紀念學術研討會」，2015年11月13日於實踐大學附設家政推廣中心（上午場）、臺灣基督長老教會二水教會（下午場）舉行。上午場論文發表者計有周益忠、謝瑞隆、唐顯芸、林水福、林良雅、王文仁與李桂媚。下午場論文發表者計有蕭水順、蔡榮捷與李盈賢、劉怡臻、余境熹、蔡佩臻。

㈣東華大學人文社會科學學院主辦，美國加州大學戴維斯分校東亞語言與文化學系、中央研究院中國文哲研究所、達人學苑、科學人文跨科際計畫協辦之「楊牧研究國際研討會」，2015年14-15日於東華大學舉行。奚密演講〈無礙的歌：音樂在楊牧詩中的意義〉、邱貴芬演講〈楊牧與「臺灣文學大典」：臺灣文學的「世界性」〉、陳芳明演講〈楊牧詩的晚期風格〉，論文發表者計有鄭毓瑜、王家新、李建興、張依蘋、王明端與王國璽、王淑華、翟月琴、劉益州、須文蔚、張松建、張期達、Charles Terseer Akwen、利文祺、曾珍珍、詹閔旭，大會另安排「翻譯楊牧」、「楊牧與世界文學」等多場座談。

㈤淡江大學中文系主辦，臺灣詩學季刊社、秀威資訊協辦之「現代詩的回顧與展望——何金蘭教授榮退學術研討

會」，2015年12月30日於淡江大學舉行。張雙英演講〈何
金蘭教授的文學理論與批評〉、趙衛民演講〈尹玲的尋根
與取經〉，論文發表者計有陳文成、陳雀倩、李癸雲、余
欣娟、夏婉雲、詹孟蓉、顧蕙倩、古佳峻、何雅雯、楊宗
翰。大會另安排向明與白靈進行觀察報告。

四、詩歌活動

在臺灣舉辦的詩歌節活動，若以北、中、南、東來區分，
北有臺北詩歌節、中有濁水溪詩歌節、南有臺南福爾摩莎國際
詩歌節、東有太平洋詩歌節與臺東詩歌節。分述如下：

㈠2015臺北詩歌節：由臺北市政府主辦、臺北市政府文化局
承辦，自2000年創辦以來，逐漸發展成以詩為核心的跨領
域藝術節慶。2015年策展人鴻鴻、楊佳嫻以「詩的公轉運
動」為主題，從10月24日到11月8日，在臺北的中山堂、
小白宮、紀州庵文學森林、臺北捷運地下街、誠品信義店
及松菸店、思劇場、大可居青年旅館、小路上藝文空間等
地，規劃一系列詩講座與詩的跨界活動。除了眾多本國詩
人，臺北詩歌節邀得諾貝爾文學獎被提名人、享譽阿拉伯
世界的詩人阿多尼斯（Adonis）首度來臺。日本學者詩人
四方田犬彥（Yomota Inuhiko）、馬其頓詩人尼可拉馬茲洛
夫（Nikola Madzirov）、法國詩人兼翻譯家菲奧娜施羅琳
（Fiona Sze-Lorrain）及香港詩人兼評論家鄧小樺、英國新
銳詩人路克肯納（Luke Kennard）亦受邀赴臺交流。

㈡2015濁水溪詩歌節：由彰化縣文化局主辦、明道大學中文
系及國學所承辦，自10月13日起展開系列活動。開幕式在
明道大學新設置的「雲天平臺」舉行，由詩人席慕蓉、顏

艾琳、羅任玲、蕓朵、龔華等吟誦作品。逢濁水溪詩歌節邁入第8年，活動以席慕蓉爲主軸並邀得她駐校三天，讓明道師生及民眾有機會聆聽她的朗誦與演講。本屆活動徵集了許多以席慕蓉詩作爲主題的「詩畫創意作品」，輪流在員林高中、田中高中、正德高中、藝術高中展覽分享，並邀集國內多所高中新詩社團進行詩歌朗誦競賽，讓詩的種籽灑播校園。大會還邀請到陳義芝、蕭蕭等十多位詩人教授發表論文，把濁水溪詩歌節的意義從推廣詩教、傳播詩情，提升至詩論層次。

㈢2015臺南福爾摩莎國際詩歌節：由臺南市政府文化局主辦、世界詩人運動組織（Movimiento Poetas del Mundo，簡稱PPdM）副會長李魁賢策劃的臺南福爾摩莎國際詩歌節，列入2015臺南文學季首波活動，9月2日於臺灣文學館舉行開幕式。PPdM創辦人Luis Arias Manzo等11國、將近20位國外詩人，特地赴臺與國內詩人交流。大會規劃了「繆思論壇」、「繆思校園」、「繆思之夜」、「繆思城市」等主題，欲透過國際詩人對談、國內外詩人至臺南各級學校進行參訪、詩與音樂舞蹈的跨界結合演出等活動，嘗試讓文學走入生活，讓大眾體驗詩的美好。臺灣文學館亦自9月1日至30日於B1圖書室策劃與會詩人捐贈詩集展，邀請國內外詩人共襄盛舉，舉辦多場繆思論壇。

㈣2015太平洋詩歌節：由花蓮縣政府、花蓮縣文化局主辦，藝術廣場多媒體股份有限公司承辦的「2015太平洋詩歌節」，10月23、24、25日三天邀得北島（香港）、羅蕾雅（Marie Laureillard，法國）、費正華（Jennifer Feeley，美國）、金泰成（韓國）、金尚浩（韓國）、胡桑（上

海）、孫曉婭（北京）、朱雙一（廈門）等外國詩人與學者，和多位臺灣詩人以「水之湄，天之涯：夢的迴瀾，詩的圓周」爲主題，群聚太平洋畔的花蓮松園別館和亞士都飯店，展開一連串詩歌活動。自2006年創辦以來，太平洋詩歌節已滿十屆，堪稱是臺灣東部最重要的詩歌活動。本次活動主題，恰來自楊牧五十五年前出版的第一本詩集《水之湄》與北島著名詩集《在天涯》，國內外詩人如此美妙的聚合，正彰顯了中文詩／臺灣詩在今日世界激起了「詩的圓周」。

㈤第四屆臺東詩歌節：在好山好水好人情的臺東，6月6日舉辦了第四屆詩歌節活動。本屆同樣是由臺東大學華語文學系師生合力承辦，該系董恕明、簡齊儒老師擔任策展人，活動主題訂爲「少年遊」。透過舉辦詩歌節，連結了該校許多單位與系所，並與臺東生活美學館、鐵花村‧臺灣好基金會、臺東縣外籍配偶協會、下賓朗部落發展協會、布拉瑞揚舞團合作，共同促成一場豐美的詩之饗宴。臺東詩歌節與其他各地詩歌節相較，少了知名國際詩人的「外援」，但其特色在於著重「內在」──即以臺灣原住民與臺東本地詩人爲主角。

　　臺灣北中南東四地的詩歌活動固然熱鬧，但2015年詩壇尚有一大憾事：4月29日上午8時，作家辛鬱因肺炎併發心臟衰竭病逝於臺北，享年82歲。本名宓世森的他，1933年生於杭州，渡海來臺後持續投入文學創作及現代詩推廣，對朋友充滿熱情，提攜後進不遺餘力，直到逝世前都還未放下手中的筆，允爲臺灣當代文學的重鎭之一。6月13日適逢辛鬱冥誕，文訊雜誌社與創世紀詩雜誌社聯合主辦「冰河下的暖流──辛

鬱追思紀念會暨文學展」，邀請《科學月刊》董事長暨東吳大學前校長劉源俊、前臺灣文學館館長李瑞騰、前《聯合報》總編輯趙玉明、創世紀詩社創辦人張默、文訊雜誌社封德屏社長，辛鬱遺孀張孝惠女士、公子宓秉中先生，以及臺灣各大藝文團體代表齊聚臺北市紀州庵文學森林，於午後一同追思、懷念辛鬱。文訊雜誌社並於追思會上推出一冊120頁的《冰河下的暖流——辛鬱追思紀念會暨文學展》，分為「辛鬱詩輯」、「辛鬱文輯」、「評論與懷念輯」「家屬懷念輯」，與涵蓋辛鬱生平繫年、作品目錄及提要、評論資料目錄的「資料輯」，藉以表達對這位作家無盡的追思、懷念與敬重。

　　由文化部主辦、臺文館協辦、INK印刻文學生活誌承辦之「詩的復興」，以齊東詩舍為主體，展開齊東沙龍、現代詩研習班、詩的旅行等活動，盼能讓全臺民眾愛讀詩、愛寫詩，讓詩成為生活美學的重要部分，也讓齊東詩舍成為臺北市文化與詩歌地標。固定於每月周五、周六下午舉辦的齊東沙龍，以「耆老憶詩，詩社春秋」、「詩歌跨部二重唱」、「詩人女史Herstory」、「新詩維度，新世代玩詩」為經緯，邀請不同世代、不同面向的詩人登場。「詩的復興」開設的「現代詩研習班」，由知名詩人擔任講師，引導學員閱讀與賞析作品，讓對詩有興趣的種子可以藉機發芽與成長。「詩的旅行」則鼓勵各縣市民眾，跟著詩人觀看在地風景，以DV拍攝錄製導覽過程並置於網站及開放閱覽。齊東詩舍「詩的復興」廣納打破詩社之間藩籬，廣邀各世代詩人共同參與，從洛夫、鄭愁予、黃春明、岩上、陳芳明等文學前輩，到青春正盛的師大附中薪飛詩社成員，2015年都曾在這裡主講、授課、對談或演出，留下了數十場活動印記及線上影音。

　　由臺北市文化局委託臺灣文學發展基金會經營的「紀州庵文學森林」，則邀請「衛生紙詩人群」作為十一月與十二月的「駐館作家」，推行詩的運動工作坊，並舉辦四項活動：「在沒用的東西上寫詩——底片詩、掛號詩、咖啡濾紙詩」（帶領詩人：廖瞇）、「邊走邊寫——探訪水源路伊甸」（帶領詩人：鴻鴻、蔡仁偉）、「瑜珈詩——身體就是一首詩」（帶領詩人：譚惠貞、阿芒）、「詩。換腦袋——佛要金裝人要衣裝詩的題目變魔術」（帶領詩人：許赫）。丟掉包袱，運動起來，讓好奇與試探，去延伸內心裡任何可能的詩意。

五、結語

　　以上從詩集出版、詩學研究、學術會議、詩歌活動四項切入，嘗試說明二〇一五的臺灣現代詩，繳出了可能是近五年來最好的一份文學成績單。可以補充的是，在文化經費占國家年度總預算如此低微的當下，公部門的投入意願及決心，對詩歌推廣至關重要。譬如國家圖書館主辦之「感動的時刻：最美好的讀詩體驗」系列講座，邀請陳芳明、李癸雲、徐國能、楊佳嫻、洪淑苓、羅智成六位詩人學者，自3月7日到4月25日的周末午後，在國圖與聽眾一起分享個人讀詩體驗。又如文化部設立「詩的蓓蕾獎」與「臺灣詩人流浪計畫」徵件，第二屆詩的蓓蕾獎得主蔡文騫與臺灣詩人流浪計畫得主尹雯慧，分別從77件與17件投稿中脫穎而出，投稿數量亦較前屆增加。12月12日文化部於齊東詩舍舉行第二屆頒獎典禮，並邀請首屆詩人流浪計畫獲獎者陳少（陳亮文）、陳昱文、陳祐禎分享各自旅行收獲，說明詩歌如何與生命撞擊。臺灣文學館亦於10月30日辦理「2015臺灣文學獎」圖書類新詩金典獎決審會議，吳晟

以新詩集《他還年輕》獲此殊榮。

　　至於民間單位，較重要的獎勵應為《臺灣詩選》出版前夕公布的年度詩獎得主（2015年為李長青）與臺灣詩學季刊社舉辦之「大學院校詩學研究獎學金」（第四屆得主：曾琮琇、沈曼菱）。民間單位能提供的獎助金額雖遠不及公部門，但執行越久、積累越厚，影響力便會逐步建立，相信對欲以現代詩創作或評論為職志者，還是一項值得期待的公開鼓勵。詩歌應該是詩人的日常，卻可能是一般人的非常。無論日常抑或非常，值此渾沌濁世，唯盼臺灣文學挺立，吾輩詩心永存。

新北如何成詩？
論區域文學及其展演

　　詩歌節與文學季，儼然成為當代臺灣文學的日常風景。像2017年的「亞洲詩歌節」、「臺北詩歌節」與「福爾摩莎詩歌節」是如此，3到6月「臺北文學季」、5到7月「阿罩霧文學節」、9到12月「臺南文學季」亦如接力一般，由北至中抵南，彷彿在沿途播撒文學種籽。值得注意的是：與以大寫冠名的「臺灣」或「中華民國」文學展演不同，小寫的區域文學更在意如何呼喚在地情感，連結時空及記憶。譬如今年臺南文學季以「重拾記憶」、臺北文學季以「從前到以後」為主軸，都可以看出這類活動舉辦的訴求與旨趣。

　　地理上的山／海、景觀上的城／鄉、位置上的南／北／中／西／東……，倘若以區域文學作為一種觀察向度，其多元殊異的特質，正可說明臺灣文學內蘊的豐饒繁盛，豈容「大國」任意小覷？挖掘與確認各區域文學之不同面貌，便帶有潛在的抵抗意涵，也一定程度映照出反對中心、避統趨離的民心所向──不僅是面對「天朝」大中國，也是對抗「天龍國」臺北市的一種姿態。

　　晚近能夠頻繁舉辦這類區域性文學展演，當然並非天上掉下來的禮物，實有賴廿餘年前開始積累的「藝文環境調查」與「地方文學史編纂」工程。前者起於1990年12月《文訊雜誌》為期一年四個月的「各縣市藝文環境調查報告」，所涉遍及全臺十六個縣市的藝文環境調查；1993年4月起又有行政

院文建會、新聞局贊助，《文訊》主辦之「臺灣地區區域文學會議」，從臺東縣立文化中心舉辦「花東地區文學會議」展開序幕，接連進行了六場區域文學會議。1994年9月起《文訊》增闢「各地藝文探風」專欄，聘請各縣市的作家擔任特派員，開始逐期報導全臺各地藝文訊息，廿餘年後才因到種種考量，不得不劃下此欄休止符。後者之「地方文學史編纂」，已問世之專書至少有：1995年施懿琳、許俊雅、楊翠編《臺中縣文學發展史》（先有田野調查報告書，再據之撰寫文學史）；1997年施懿琳、楊翠合編《彰化縣文學發展史》兩冊；1998年江寶釵主編《嘉義地區古典文學發展史》；1999年陳明臺主編《臺中市文學史初編》；2000年莫渝、王幼華的《苗栗縣文學史》；2002年黃美娥《光復前（一八九五～一九四五）臺北地區文學史料蒐集：期末報告書》；2006年龔顯宗《臺南縣文學史上編》；2008年彭瑞金《高雄市文學史》、游建興的《清代噶瑪蘭文學發展史》（學位論文出版）；2009年李瑞騰、林淑貞、顧敏耀、羅秀美、陳政彥合撰《南投縣文學發展史上卷》；2010年陳青松《基隆古典文學史》；2011年《南投縣文學發展史下卷》等眾多地方文學史出版物。就因為之前已有「藝文環境調查」與「地方文學史編纂」兩項工程，藉助它們長期積累下的田野調查成果和在地作家譜系，才讓區域文學展演有了堪稱厚實的基礎可依。

　　但我必須指出，這種習慣以政府行政區域來切割的「區域文學劃分法」，很容易掉入機關改制的陷阱。譬如2010年12月25日隨著部分縣市改制直轄市，遂有「五都」之說；2014年12月25日起因應桃園市升格，又產生了「六都」來指稱全臺六個直轄市（臺北市、新北市、桃園市、臺中市、臺南市、

高雄市）。直轄市數量越來越多，而且面積龐大、人口集中，其他縣市則顯得更為邊緣與弱勢。行政區域的重新劃分，不但影響到文學資源的分配重組，還隱隱可見作家書寫場域及身分歸屬有朝幾大縣市「假性集中」的怪象。

時至今日，吾輩應當體認：流動乃當代文學常態。傳統上的區域文學，多採取封閉的地域觀念來求「穩定」；但我認為恰恰相反，區域（或地方）本來就是一定條件下的產物，其生成形塑之過程，充滿了歷史的偶然、機遇與巧合——既然「不穩定」才是其本來面目，有何可懼？所以當臺灣文學館轄下之齊東詩舍，有意在年度常設展覽「臺南詩展」結束後，續推新一檔的「新北詩展」時，就不可能不去面對：哪些人是「新北詩人」？哪些詩作／詩集／詩選適合出現在「新北詩展」的展場？依據的是作家得設籍在新北市？還是作品得以新北市為主題？當多數居民每日在新北市與臺北市兩地間穿梭，當「新北市」一詞比所有作家都還年輕，當新北市強大到可以用文學串連成展……我們更要問：那麼，新北如何成詩？

新北應該是入選這項詩展的詩人，生命經歷與詩思體驗之交會處。出生、設籍、居住於新北的詩人固然應選；生命重要階段在新北度過、詩歌生涯之探索在新北開啟者，怎可遺漏？「新北詩人」的篩選，不應該全盤依賴作家的出生地、戶籍地或現居處；但也不會因為偶有一篇歌詠本地山水之作，就可搖身變成「新北詩人」。要有生命與詩思的交會，才可能藉由詩來與新北產生淵源。倘若久居於此，一詩不成，恐怕也要考慮未來終有「除籍」的可能。

這次齊東詩舍的新北詩展（2017.12.8～2018.9.30），從日治時期迄今，依「世代」區分出三組展示架構：誕生

於烽火中的謬思——before 1945、與土地共同起飛的嬰兒潮
——1946至1960、一步一步走向春暖花開的世界——1961-
1980s。大抵是採歷時性介紹各世代詩人，與羅列並陳入選之
各家代表作，架構亦與前述「臺南詩展」頗為類似（後者分
為「播種耕耘——日治時期出生的臺南詩人」、「蒼翠挺拔
——終戰後至五〇年代出生的臺南詩人」、「百花齊放——六
〇後的臺南詩人」）。以既有成果而論，新北詩展跟臺南詩展
一樣，七年級（指民國七十年代出生，或云1980年後的「八
〇後」）新世代詩人僅錄得二三位，名單顯然還有陸續充實之
必要。

　　雖明知空間、經費與規模都頗為侷促、限制重重，我還是
希望新北詩展不該只是文學館舍的靜態展示，而更應成為饒富
意義的動態行為。整理新北詩人名單、備齊新北詩人資料、展
示新北詩人成果，以國立臺灣文學館的經驗與高度，這些都只
能算是基本功夫。策展就是一種行動，它透過蒐羅、邀集、展
示等手段，或可號召新北詩人最終肯認自身定位，甚至進而被
視為一種流派或詩潮。我曾將淡江大學畢業校友跟任教師長
的作品，選錄成冊後題為《淡江詩派的誕生》（臺北：允晨出
版，2017年2月）。轉念一想：這次由臺灣文學館主動策劃的
新北詩展，會不會正是那聲吹醒在地詩人的集合號角？

詩的聲音，物的回憶
余光中、周夢蝶、洛夫三大家

詩是青春的文類，也是歲月的結晶。身在大學校園，新入學的大一生都是「○○後」世代，年齡跟我恰好差了兩輪。抱著不想與年輕人脫節的心態，課堂上或私底下我常問他們喜歡哪些詩人，這些名字便會頻繁出現：任明信、潘柏霖、陳繁齊、宋尚緯、追奇……。外語詩人比例甚微，域外的華文詩人如假牙、余秀華偶爾出現，最高度重疊處仍是臺灣「八○後」、「九○後」創作者。我曾撰文指出，這批現在廿、卅多歲的作者中有不少「厭世代詩人」，整體環境讓他們不再相信「愛拚就會贏」，只能以「厭世自嘲」自處。他們素質與才具皆十分優秀，是徹底的網路原生世代，卻在變化劇烈年代裡徬徨不安，可謂是青貧（youth poverty）與窮忙（working poor）的綜合體。在未來不容樂觀的心理狀態下，恐怕最後只剩「厭世自嘲以作詩」一途。大學生總有一天得離開校園，久聞鬼島爛缺多，當然對這些厭世代作家作品倍感親切。

我很愛詩，我常讀詩，我偶爾也寫詩。我以爲詩的存在理由之一，正是讓不同世代的人，都可以在詩中找到對話空間——臺灣當下最缺乏的，不就是對話嗎？我相信詩可以抒發滿腔憤懣，銘刻厭世青春；我同樣相信，詩可以召喚前人身影，凝成歲月結晶。如果年輕讀者已然熟悉最新世代的青春詩篇，該如何向他們招手，一起重溫仙逝詩翁見證歲月的傑作？我是多麼想讓他們知道，這些詩句曾經如何測量了自己的一生：

「比岸邊的黑石更遠，更遠的　是石外的晚潮」──余
光中〈望海〉

「地球小如鴿卵，我輕輕地將它拾起　納入胸懷」──
周夢蝶〈刹那〉

「我是火　隨時可能熄滅　因爲風的緣故」──洛夫
〈因爲風的緣故〉

　　2019年臺積心築藝術季中，我有幸受邀參與由臺積電文
教基金會主辦、文訊雜誌社策劃的「詩的聲音──余光中・周
夢蝶・洛夫文物特展」，擔任協同策展人。5月13日至6月12
日在清華大學藝術中心舉辦的這項活動，包含一場展覽、三次
講座、密集導覽，盼以靜態與動態的交錯，織就出一張獻給各
世代讀者的詩歌輿圖。余光中、周夢蝶、洛夫三人俱爲臺灣
新詩重鎮，藝術成就上各有所長：余光中從傳統走向現代，以
深厚中國古典文學涵養與英美文學專業，開創出新詩、散文、
評論、翻譯的寫作四度空間；周夢蝶在武昌街明星咖啡屋騎樓
擺書攤時被雅稱爲「臺北十大人文風景」，以「詩僧」形象深
植讀者心中，其人其詩總是在孤絕與覃思、陷溺及超越間反覆
擺盪；洛夫因詩藝技法魔幻，廣被推崇爲「詩魔」，熔個人情
懷、歷史意識、時代精神於一爐，詩寫天涯美學，筆塑漂泊
離散。

　　三位詩人均已仙逝且在詩史上各有地位，故策展目標並非
在彰顯詩名或譽揚成就，毋寧是讓大家認識在「詩」與「人」
之間，更趨向「人」的面向。職是之故，這次特展「人」在
「詩」先，規劃了三個不同主題：余光中的「詩爲大海」、周

夢蝶的「孤獨國咖啡」、洛夫的「戰地情書」。海洋之於余光中特具意義，在面對西子灣的大學研究室裡，他寫下了許多與西子灣跟中山相關的詩文。我們嘗試在展區裡，呈現出海洋帶給詩人的豐厚贈與及寬闊視野。被譽為「孤獨國王」的周夢蝶，一九五〇至七〇年代在武昌街騎樓擺設書攤，廿一年來專售詩、文學與佛學類出版物。多少文學青年都曾在此寄賣過雜誌與詩集，或上樓點杯咖啡、或堅持長伴攤前，就是想與周公談文論藝。我們亦嘗試重現這個臺北最動人的文學風景。詩人洛夫給人不怒而威的鐵漢形象，但在他與妻子陳瓊芳一封封動人的情書裡，卻處處閃現著柔情。夫妻兩人間超過半個世紀的書信，經由陳瓊芳親自整理後，於本次特展首度公開呈現。詩人洛夫之早發文采與戰地情思，躍於紙上，彌足珍貴。

　　三個不同主題之下，又再各分區塊及展品。譬如余光中一生長居臺北、香港、高雄三地，便分成「城南水岸」、「沙田山居」、「西灣落日」三個區塊。在臺北城南廈門街時，是各方文人及藍星諸君雅集之地；在香港則坐擁吐露港和八仙嶺；在高雄壽山，有面對西子灣的中山大學相伴。這三個時期的地理環境，讓詩人創作出寬闊如大海般的許多作品。若從作家手稿及文本發生學（Textual Genetics）的角度來看，此區最值得推薦的展品，我以為應是家屬提供的余光中譯作《老人和大海》及〈秋之頌〉之修改稿。1952年余光中從臺大外文系畢業後進入國防部聯絡官室服役，擔任編譯官一職。他於此期間翻譯了美國作家海明威小說The Old Man and the Sea。譯作發表於臺北的《大華晚報》，從1952年12月1日連載至隔年1月23日，後由重光文藝印行為一冊《老人和大海》。出版前余光中在《大華晚報》剪報集成之剪貼簿上修改，這次展區便

有這份剪貼簿，完整保留了譯者反覆思考及塗改後的痕跡。在展區模擬重現的詩人書桌上，也有一份余光中翻譯濟慈〈秋之頌〉（To Autumn）之校對修改手稿。文學寫作或翻譯工作，本有不斷構思、持續撰寫、反覆修改等過程。所謂「讀你的塗改」，也可成為吾人認識作家的一種可能。

　　曾流連於不同地區販售書籍的周夢蝶，1959年4月1日終於取得了營業許可證，開始固定於武昌街明星咖啡屋騎樓下擺攤，至1980年4月1日才因胃病結束營業。展區便以不到兩坪空間的書攤，力圖重現周夢蝶的「孤獨王國」，以及不僅賣書又成為文友交流的「文友聚會所」，還有展現文人間溫暖交誼的「孤獨國不孤獨」。武昌街書攤為周夢蝶一生中最重要的生命軌跡，詩人曾以「以愚人始，愚人終，始終皆愚」描述這段時期。策展團隊嘗試重現周公的一天：清晨五點搭第一班車到武昌街，整理就緒開始擺攤；中午十二點到下午三點前生意最旺；約莫三、四點間收攤，四點後換成周公去找書、參加文友聚會、聽佛學講座。我們也從各處找到十餘位作家筆下跟周公互動的記載，並將其置入展區書架中。歡迎觀展民眾抽取書架上的書，逐一打開來看看，這些文友在周夢蝶書攤上發生了什麼事？周公還有個小嗜好：聽京劇。平日他若得空，喜歡到同為藍星詩人的向明家中聽京劇。向明夫人為此，特地做了大蒲團放在地板上，方便周夢蝶可以打坐。雖然周夢蝶不懂唱腔，但京劇的故事總能讓周公津津樂道。

　　洛夫展區所示信函，出土故事甚奇。詩人亢儷1996年移居溫哥華時，這批書信便留於臺北家中。原以為在沒有特別保存下，書信應已不見。2018年3月詩人辭世後，洛夫之子莫凡整理遺物時發現一個舊包裹，內藏有兩百多封信件，這些書信

才失而復得、重見天日。夫人陳瓊芳女士視如珍寶，在洛夫逝世這一年間翻閱無數次後，最終決定親自整理、編輯，提供本展首度公開呈現。展區分為「浯島定情──金門」、「青鳥傳訊──平溪」、「烽火家書──越南」，其中因越南戰事之故，洛夫需調往距離臺灣兩千多公里的越南西貢。詩人在這兩年期間最勤於寫信，有時甚至一天兩封，信中乘載了對家人無盡的思念與對孩子的關心，每一封信對彼時擔任內湖國小老師又身兼三歲小孩、強褓嬰兒的陳瓊芳而言，無疑是最為強大的精神支持。戰爭及軍令當前，洛夫為人夫、為人父與瓊芳女士為人妻、為人母的堅強自持，在在令人動容不已。

　　這次特展名為「詩的聲音」，乃因策劃團隊蒐集了詩人聲音與過往影像，盼能邀請大家一同聆聽，橫越七十年之「詩的聲音」。展區內還特別呈現許多詩人墨寶：余光中的鋼筆字剛毅典雅，被譽為「文壇最美手寫稿」；周夢蝶似瘦金體書跡，清淡有力，自成一格；洛夫潛心書法多年，長於魏碑漢隸，尤精於行草，在兩岸同受歡迎。這些墨寶加上前已述及之修訂文稿、書報攤景與來往書信，我衷心期望本次展覽在「詩的聲音」外，亦能突顯「物的回憶」──因為一切皆為詩人留給世界的禮物，分外值得重視和珍惜。在靜態展示之餘，展區也設有可供觀眾留言處：因為有感於洛夫、陳瓊芳夫婦感情深篤，情書及詩句俱能打動人心，故邀請大家把想對心上人講的話，結合炙熱的心緒，一起寫在信紙上。這也算是一種跨時空的對話吧？洛夫天上有知，諒應不會怪我。至於本次展覽中的動態活動，當屬規劃了三場系列講座。地點仍是清華大學藝術中心，時間都在周三晚間七點，分別是5月15日陳義芝談「詩人意識，倫理情懷──余光中詩的獨特表現」、5月22日陳芳

明談「洛夫與詩的探險」、5月29日楊澤談「莊生曉夢迷蝴蝶
——周夢蝶的隱身術與變身術」。當初我在邀請三位講者時，
他們都在百忙中一口答應，推測當是有感於這不只在追憶前輩
詩人行止，而是真正的跨世代詩歌對話。如我前文所述，詩
的存在理由之一是讓不同世代的人，都可以在詩中找到對話空
間。我深深期盼清華大學藝術中心「詩的聲音」之靜態展覽、
互動留言、動態講座，能夠在回顧、記錄、追憶、敬悼等面向
外，開闢出一個又一個偌大的「對話空間」。

誰的「新詩百年」？

　　「新詩百年」總算要結束了。自一九一七年胡適在《新青年》上發表第一批白話詩作，到二〇一七的年終歲末，新詩這個文類或許還有下一個百年，也可能未來被其他新興文類取代而不復存在。我認爲更值得關注的是，近兩、三年來隨「新詩百年」而生之怪現狀。以新詩百年爲名的眾多詩選、論壇、研討、票選活動於今年下半年達到高峰，但舉辦地點幾乎都在中國，多省輪辦，遍地開花。臺灣雖不乏詩人、學者渡海參與或在地響應，不過大抵還是實質關聯甚淺或早有底本。前者如十一月花蓮太平洋詩歌節以「百年新詩，吼海洋！」作主題，後者爲九歌版一套三卷的《新詩三百首百年新編》（一九九五年張默、蕭蕭主編《新詩三百首》之增訂版）。兩者皆屬臺灣今年產物，但除了借用「百年」名義，實在難謂與「新詩百年」有什麼必要不可的連結。假設眞正換了名，活動照辦、詩選照出，理當也沒有什麼問題。所以應該問的是：新詩百年跟臺灣當代到底有什麼關係？還有，這究竟是誰的新詩百年？

　　號召「告別好詩」運動、發願寫出一萬首詩的許赫，曾發表過一篇〈新詩百年〉：「新詩要一百年了／稱作新詩百年／一路好走」。百年成了死亡的諱稱，自然沒有慶典的喜悅之情，反而是一種告別的姿態——告別裡有多少致敬的成分，則頗令人懷疑。許赫身居臺灣六年級（指生於以民國紀年的60到69年次，約當中國以西元紀年的「70後」與馬來西亞的「七字輩」）詩人隊伍，此作一定程度上能代表同世代與晚生代的想法：新詩要一百年了，很好，但與我何干？吾輩更關心的不是

百年新詩繁茂盛景，而是寫詩如何直刺當下、回應時代。所以1983年生的鄭哲涵在看到新聞報導「勞基法公聽會資方：臺灣幾無過勞死，若有也是本來生病」，有感於過勞時代／世代受雇者的萬般無奈，加班回家後花十分鐘寫下〈我不會過勞死〉一詩：「因為我有病／所以我可能會死／但不是過勞死／因為公司說／臺灣沒有過勞死／死掉的人／是原本就有病／／在我過勞死之前／我不會過勞死」。鄭哲涵唯一一部詩集命名為《最快樂的一天》，但那一天在詩人的日常生活中似乎從不曾來臨。

　　這首僅張貼於臉書facebook的作品，不見得會被收入本地「年度詩選」，也很可能無法接觸到僅看紙本或中國各地的讀者。但那又何妨？〈我不會過勞死〉在臉書上的分享次數與擴散速度相當驚人，讓人想到1985年次的羅毓嘉，在太陽花運動跟香港雨傘革命時廣被傳誦的〈漂鳥〉：「是明天提前路過了我們／還是遠方正傳來默禱的呼吸／你還在讀報，議論，等待／煎蛋的邊緣微微捲起／愛如此真實／我不能再愛你了／這個國家令我分心」。我們何其不幸碰上家國多難、政府失職、人民過勞的多重困境，卻何其有幸見證了七年級詩人果敢地舉筆為劍，以詩除魅。在高層人士爭相以講幹話為功德語的時代，新詩成為來自底層民眾轉貼傳抄的反抗異音。既然繼承了語言革命者的衣缽、文學盜火者的遺志，新詩在網路時代便不該自滿於小眾菁英主義，更當勇敢迎接與積極回應大眾讀者的籲求。

　　上述那些臺灣當代的迫切議題，很遺憾都不在新詩百年的視野中。至於北京政府用三天驅趕上百萬社會底層人民離城一事，當然更不在新詩百年的視野裡。當住房被判為「隱患」、人被劃入「低端」，在寒冬中遭到「清退」之刻，網路管制嚴格的強國只會刪帖刪帖再刪帖，讓我們在對岸憤懣於不知道誰

能以詩爲之伸張？該如何想法設法藉聲韻織綫、以文字爲被，溫暖覆蓋零下五度無處容身的顫抖靈魂？雪還沒落在中國的土地上，網路長城卻比寒冷更殘酷地封鎖了中國。詩人本應是喚醒良知的使者，在公理與正義的問題前竟被迫瘖啞，遂讓一百年前新詩所追求的「自由」成了偌大嘲諷。底層任驅離，詩聲化失聲，萬千詩歌上下求索的竟只停留在「語言形式之自由」嗎？與胡適諸君一百年前的白話追求相比，中國當代詩人在有限度自由下，恐怕連「眞正的白話」都不可得——說不得也寫不得，才會讓烏青體、梨花體之類假白話末流，放肆橫行於中國詩領地。

　　在最需要召喚《新青年》以降詩人詩作的時代精神之刻，「新詩百年」又在哪裡？在忙於辦論壇、搞研討、作票選，就是不在基層人民需要的位置上，回應哪怕只是一個微小卻殷切的盼望。最爲詭異的是：今日「新詩百年」儼然成爲一種著名品牌或好用商標，搭配「全球華語詩人詩作評選」之流活動，竟能生產出「新詩百年終身成就獎」、「新詩百年傑出貢獻獎」、「新詩百年百位最具影響力詩人」、「新詩百年百位最具實力詩人」、「新詩百年百位最具活力詩人」、「新詩百年百位最具潛力詩人」、「新詩百年百位網絡最給力詩人」等莫名頭銜。當詩歌從屬品牌，當詩人依附商標，這類宏大壯麗卻無比空虛的「百年百位」排行，究竟將成爲誰的新詩百年？

　　要知道銷售並不罪惡、商業亦非敵人，就算是胡適自己都曾在《嘗試集．自序》中提及：「社會對於我，也很大度的承認我的詩是一種開風氣的嘗試。這點大度的承認遂使我的《嘗試集》在兩年之中銷售到一萬部」，把銷售量當作某種榮譽、標誌或證明，其實並不爲過。但畢竟是先有詩，才有詩的銷

售；不應該是先把詩人詩作當成商品來經營，倒過來汲汲追求「著名詩歌品牌」這類怪語奇譚。1976年生於湖北省鍾祥市的余秀華，從一個不幸罹患腦癱、婚姻失和農婦，以詩創作在微信用戶與網路世界中普獲肯定。詩集《月光落在左手上》出版後，一舉成為廿年來中國銷售量最高的個人詩集，並突然被聘為鍾祥市作家協會的副主席。作為一個當代詩人或文壇作家，余秀華在中國無疑相當成功；但倘若她一日無自覺、且夕失反省，任憑自己耽溺於成為他人形塑的「著名詩歌品牌」，余秀華很快便將成為「新詩百年」慶典上施放的最後一道煙火，絢爛張揚，終歸於寂。衷心祝願余秀華能常保初衷，莫讓浮名遮蔽詩心──如此方不枉吾輩隔海穿越大半個中國去讀妳。

除了抗拒成為「著名詩歌品牌」，詩人也該遠離「刺激新聞事件」。新詩走了一百年，遠的不提，近如顧城殺妻、海子臥軌、杜十三恐嚇、許立志墜樓……，無論事由，盡屬悲劇。但媒體往往刻意渲染成聳動新聞，在文學漸居社會邊緣位置的當下，樂於推詩人成為「一日頭條」後，坐視報導對象在明日太陽升起前被閱聽人遺忘，最終成了無人關心的舊聞佚事。這是既不把詩人當人看，也不把詩當詩看。八卦獵奇心態對新詩的傷害，在網路社群普及、人人都是自媒體的此刻，尤其值得警惕。晚近幾場網路上的詩論戰，不繞著詩說卻想談詩，談不成詩便只能論人，到最後往往落實了「詩人愛吵架」的刻板印象。網路或許有助於增加溝通、便利回覆、即時反應，但詩畢竟是一個人從事的書寫志業，是一字一句的手工慢活。新詩百年來眾人所繫念的，就是此文類合法性之建立與美學譜系、歷史發展之建構。革命未完，挑戰仍多，缺乏詩學思辨、連集體創作都稱不上的無謂論爭，可以休矣。

寄期待於臺灣新地誌詩

　　作家如何藉書寫為「地方」定義，或其究竟怎麼書寫「地方」，當是饒富意義的問題。對此類問題的探索，應從界說地方感（sense of place）一詞出發。學者Allen Pred在〈結構歷程和地方──地方感和感覺結構的形成過程〉（"Structuration and Place: On the Becoming of Sense of Place and Structure of Feeling."）中指出：

> 「地方感」概念的形成，須經由人的居住，以及某地經常性活動的涉入；經由親密性及記憶的積累過程；或是經由意象、觀念及符號等意義的給予；經由充滿意義的「真實的」經驗或動人事件，以及個體或社區的認同感、安全感及關懷的建立，才有可能由空間轉型為「地方」。[1]

　　吾人或可進一步詮釋：地方感的形成源自人類對「地方」有主觀和情感的依附，而作家藉著文學書寫，經由諸如「意象、觀念及符號等意義的給予」等方式，乃能讓空間轉型為地方。讀者則可透過作品中顯示的地方感，尋覓出作者如何投射或建構自我認同，乃至主體位置──談論臺灣文學中的「地方」，終究無法完全繞過「位置」問題。鄭毓瑜院士在研究中

---

[1]　夏鑄九、王志弘編譯：《空間的文化形式與社會理論讀本》（臺北：明文，2002），頁86。

國古典文學裡「情景」議題時發現：「如果人身與外物相交接的經驗被考慮進來，景物所在的空間背景也因爲這交接經驗的環繞，而成就具有切身意義的『地方感』，不再只是仿如參考經驗的史地知識而已。」[2]這對解讀臺灣文學中的「地方感」當有啓發，即臺灣作家筆下呈現的空間背景，不應該只被狹隘地視爲「史地知識」，而應該是更具切身意義的地方感，也可以是實體地理和心理意識的結合。

從地方感出發、對空間的書寫，今日慣常以「地誌」命名。其概念可援用J. H. Miller〈地誌的倫理〉所述：「地誌」（"topography"）一詞糅合了希臘文地方（topos）與書寫（graphein）二字而成。因此，就字源上說，地誌乃有關一個地方的書寫（the writing of a place）。今天英文的「地誌」一詞有三個意思，其一已過時卻最直截了當：「對一個特定地方的描繪。」其他現行二義分別爲：「以圖解與紀實方式如地圖、航海圖，鉅細靡遺地描繪任何地方或區域自然特質的藝術或作法」與「某一地表的構形，包含其凹凸形狀及河川、湖泊、道路、城市等的位置。」[3]臺灣學者吳潛誠曾論及，「『地誌』其實只是一個符號、標誌，是等待詮釋的」。[4]明乎此，吾人便知地誌並不等於（或屬於）地理，而是有待創作者賦予意義，才可謂之爲地誌文學（topographical literature）。

2　鄭毓瑜：〈抒情、身體與空間——中國古典文學研究的一個反思〉，《淡江中文學報》十五期（2006年12月），頁269。

3　這三義出自*Webster's New Collegiate Dictionary*（1949），見J. H. Miller〈地誌的倫理：論史蒂文斯〈基韋斯特的秩序理念〉〉，收入單德興編譯：《跨越邊界：翻譯・文學・批評》（臺北：書林，1995），頁82。

4　吳潛誠：《島嶼巡航：黑倪和臺灣作家的介入詩學》（臺北：立緒，1999），頁80。

　　「地誌文學」此一文類（genre）名稱雖出自西洋文學研究，但中國古典文學裡多有以描寫地方為題材之作，如李白〈望廬山瀑布〉、蘇軾〈前赤壁賦〉〈後赤壁賦〉與柳宗元〈永州八記〉等，於今即可歸入「地誌文學」之列。「地誌文學」彰顯地方風情，強調寫實價值；而且無論是否以某一地方為主要題材，凡文學文本中的地方書寫即可列為「文學地景」（literary landscape），譬如讀者會透過白先勇小說《孽子》，認識如今已改稱二二八紀念公園的臺北「新公園」。2008年文建會曾策劃一套「閱讀文學地景」叢書，共分為新詩、散文、小說三大卷，主軸即定位在文學與地方的結合。這套出版品便在召喚讀者重返對家鄉的感情與記憶，並深入了解賴以生存的土地之變遷軌跡。「地誌文學」中的文學地景，應當包含了書寫者的情感，而非僅是追求、呈現出貌似客觀的地誌。地誌文學畢竟不是地理或史料的觀察報告，而是蘊藏著書寫者的地方感，並能建構（或新生）出地方意義的創作。

　　地誌文學創作常與作者人生經歷有關，譬如籍貫為內陸不臨海的四川、1947年來臺後任臺灣物資調節委員會專員方來往各港口的覃子豪，竟成為全臺首部以海洋為主題的現代詩集《海洋詩抄》（1953）作者。曾進入基隆港務局工作的鄭愁予，東渡來臺後第一篇發表的詩作就題為〈老水手〉，連個人詩集也收錄了一整輯「船長的獨步」。地誌文學的書寫也常跟作家的家鄉相繫，譬如同樣生於花蓮的楊牧跟陳黎，雖分屬不同世代，但在詩文中都以直筆或曲筆，展現出花蓮所特有的地方感。以故鄉為背景的地誌文學創作，還可舉出七等生寫苗栗通霄的《沙河悲歌》、蔡素芬寫臺南的《鹽田兒女》、吳晟寫濁水溪流域之《筆記濁水溪》、黃春明寫宜蘭之〈青番公的故

事〉等眾多例子。

　　吳潛誠曾指出，地誌書寫可以幫助建構一個地方的特殊風土景觀及其歷史，產生地域情感跟認同，增進社區乃至於族群的共同意識。他也論及「地誌詩」應為：㈠描述對象以某個地方或區域為限，範疇大抵以敘述者放眼所及的領域為準，想像的奔馳則不在此限；㈡需包含若干具體事實的描繪，點染地方的特徵，而非書寫綜合性的一般印象；㈢不必純粹為寫景而寫景，可加入詩人的沉思默想，包括對風土民情和人文歷史的回顧、展望和批判。[5]斯人已逝，唯其所論卻不當限於「地誌詩」，亦可推及散文、小說等臺灣地誌文學書寫成果。創作者或可藉之徹底反思：「想像的奔馳」是否自限於放眼所及的某個區域？書寫所得有沒有淪為綜合性的一般印象？會不會陷溺於純粹「為寫景而寫景」，或者在風土民情、人文歷史的回顧展望中，有意無意間放棄了文學的批判功能？

　　臺灣的地誌詩書寫，從古典之「八景詩」、「竹枝詞」到戰前與戰後現代詩皆已有相當積累。無論主題是鄉村、都會、離島抑或海洋，從援地方以入詩，到藉詩彰顯地方感，也都到了可以檢討過往、展望新貌之刻。在各級政府機構持續推行地區文學獎（如臺北市政府文化局主辦之臺北文學獎等），與頻繁舉辦各類型區域文學展演（如臺灣文學館逐年舉辦「臺南詩展」、「新北詩展」、「屏東詩展」等），吾人當可期待地誌文學該有「書寫轉向」：深度挖掘地域多元殊異特質，作品不陷入地名展示迷思，跳脫城／鄉、山／海、南／北、東／西對立窠臼……，以召喚出全新品種的地誌詩篇。

5　同上註，頁83-84。

下卷

說書

羅記桃花源，黑衣故事雲
評羅智成詩集《問津：時間的支流》

　　羅智成（1955-）總也不老。自從林燿德以「微宇宙的教皇」爲題評述羅智成詩作後，這位酷愛一身黑衣打扮的教皇，就是許多五、六、七、八年級文青的心頭好，閱讀書單裡永遠都有「我愛羅」的特殊位置。羅智成總是貪玩。因爲愛玩好動，這位精力旺盛的創作者自行判定「大腦過動」，而且除了上個世紀九○年代的一段空白，他就算再怎麼忙於戀愛、家庭、編務、公職、事業，寫詩就是他的終生勞作，也是他的休閒娛樂。早年《聯合文學》曾替羅智成製作「無法歸類的創作者」專輯，我倒覺得他不只是無法歸類、拒絕歸類，應該說羅智成一直在反思創作如何歸類，與探索詩究竟有何邊界？從二○○五年啟動迄今的「故事雲」書寫計畫，應當就是這位跨界詩玩家的暫時解答。他在《迷宮書店》（2016）裡嘗云，這個計畫欲「透過故事或劇本的創作，探索參與其他的藝術或影藝形式的可能」。同處他也提及，在繳出《迷宮書店》之前，已經完成〈桃花源〉等作與早期詩篇〈說書人柳敬亭〉的劇本改編。明乎此，便知《問津：時間的支流》（2019）不是一時興起，而是羅記版本桃花源最新樣貌──情節跌宕中敘述者彷彿藉問津一事，持續叩問：何謂「理想」？怎分新／舊？該走還是該留？是建構抑或解構？

　　羅智成《問津》跟洛夫《漂木》（2001）皆逾三千行，

可視爲新世紀以降臺灣現代詩史，在這廿年間收穫的兩大長詩鉅作。不同處在洛夫筆下心繫家國命運，轉化個人際遇，終成《漂木》之天涯美學；跟洛夫一樣祖籍湖南的羅智成，《問津》以帶長輩溯源返鄉／返湘爲本事，從昔日祖父的恍惚夢境開篇，連結到奶奶想回老家「永周邑」之願。後者是詩人以當代心智來塑景，拓展而成的桃花源想像。此地久與世隔絕，得等待每六十年一次的穀雨之時，趁春水大漲跟「無若溪」雙源合流，才能從中覓出蹊徑。敘述者在陪奶奶回家的過程中，方知六十年前原來在此處實習做「司命」（掌管占卜與鬼神之事）的她，與因傷昏迷而誤入桃花源的軍官相戀。奶奶因愛想要出走（「我義無反顧／干犯所有的禁忌／愛情已徹底點燃了我／女巫的基因」），打算私締盟誓的二人，終於逃離了沉睡的永周邑。可是這段遭遇不能向人訴說，只得由兩人孤立承擔，「而孤立也是／我們愛戀最完美／最完美的形式了……」。

羅智成的企圖，當然不會止步於一則淒美愛情故事。陶淵明〈桃花源記〉述及晉武陵漁人誤入後，隱士劉子驥「聞之，欣然規往。未果，尋病終。後遂無問津者。」既要成爲新問津者，就得以詩筆建築「永周邑」細節，甚至包括「位權」跟「貨權」等新創概念。羅智成除了發揮想像構圖著色外，也參考過湖南古城鎮、新店、烏來、石碇、太魯閣、客家土樓，今古拼貼，眞幻相濟，難怪詩中敘述者說，穿越樓宇廂房時「感覺夢越做越深了」。《問津》中帶入的環境、生死、胡漢之別、建築形式、紀年方法等，可以看出羅智成有意嘗試讓「詩」走得更深、更細，也更遠。值得注意的是，從《傾斜之書》中的〈問聃〉、〈離騷〉，到《擲地無聲書》中的「諸子

篇」系列作，羅智成詩中的先秦圖像一直為愛詩人津津樂道。
這次《問津》中寫道「被夢寐以求的古代」、「我的先秦時代
終於有聲音了」，可視為詩人對往昔之先秦圖像，一次更豐沛
完足的造型塑影。

　　既然被列入黑衣教皇的故事雲系列，就難掩欲將其與小說
或劇本創作揉雜的企圖。二〇一九年四月十三日晚間在華山紅
館的《問津》發表會上，由多位詩人文友交錯朗誦書中段落，
搭配魅惑樂音繚繞，現場氣氛頗有「在時間的支流」，錯入桃
花源的恍惚感。「天堂的門已經打開／滿眼繽紛、桃紅的粉彩
／將他凡間的視野完全遮蓋」，吾人若能認同以詩跨界，在小
說、音樂、戲劇、聲光、氣味聚合的故事雲中，當可體會彼時
祖父的驚訝與感受，並能進一步確立自己心中的桃花源樣貌。

教皇的難題
評羅智成詩劇《迷宮書店》、攝影集《遠在咫尺》

　　二〇一六年的臺灣詩壇相當熱鬧，絕非因為從網路對壘一路戰到地方法院的「含羞草事件」，而是一九五〇年代出生的重要詩人新作不斷，在在令人期待。夏宇、孫維民的新詩集排在下半年登場，上半年則有「浪蕩子」楊澤《新詩十九首：時間筆記本》與「教皇」羅智成（1955-）全新詩集與攝影集。楊澤以時間為主題，耗二十年磨一劍，終得一部回應及變奏「古詩十九首」的詩集，以突出的音樂性與節奏感一新讀者耳目。羅智成則繼《地球之島》（2010）、《透明鳥》（2012）、《諸子之書》（2013）後，發揮他作為「無法歸類的創作者」特質，繳出詩劇《迷宮書店》及自承「大概是有史以來最嘮叨的攝影集」《遠在咫尺》。

　　攝影集的英文書名巧妙地取為 *Far Inside*，當然也是這位「教皇」為萬物命名衝動下的產物。他甚至為此書的完成，提出按下快門的五種美學衝動：趨光性、趨異性、趨根性、趨群性與趨己性，將卅年來精選出的137張數位攝影、幻燈片、底片遺失後的翻拍……依此架構分為五輯。這位無法歸類的創作者比誰都清楚分類實難（譬如：此書中每一張照片，都同時一定包含著某種「趨己性」的實踐），如此分類是要提示讀者「在按下快門的當時，是哪一件刺激主導了我的目光」。羅智成透過鏡頭，以嗜美的生物本能，捕捉、辨識、安排各種異

質元素的呈現方式。我以爲此書可觀處不只在攝影者的視覺美學，而是引起思考：在這樣的編排與選擇背後，羅智成想怎麼誘發讀者跟他「一起觀看」？閱讀這部「話超多」的攝影集，究竟該如何處理文字對影像的補充，抑或篡奪？畢竟能夠這樣描寫桃園機場航廈大廳穿堂的攝影者，委實罕見：「整齊排列的紋理和複杳的節奏，／彷彿是被織出來的光線，／彷彿是格拉斯的低限音樂，／也像一次視覺的按摩。」書中「驅群性」一輯，欲透過鏡頭建立起與人的連繫——後者既非諸子、亦非英雄，而是攝影者在異國旅途中直覺捕捉到的凡人日常。此輯少了反覆辯證，難得沒那麼「羅智成」，輯內每一張照片卻像是更多動人故事的起點。

　　更大的故事，羅智成其實已經孵了十年。他組織「故事雲」工作坊，嘗試以劇本形式來創造更多故事，《迷宮書店》便是第五個發表的故事劇本。不同於以往的是，這次選擇以詩的樣貌呈現，而且是長逾兩千行、分爲五十節的詩劇。此作可被視爲〈夢中書店〉一詩的擴大延伸，詩中第一人稱敘述者少時爲了閱讀，情願孤獨，幸好還有一間書店降臨，「專程來守望我孤獨的童年」。長大後在現實生活中飄搖受挫、亟待修補的成年人，竟能回到那間記憶中的書店，遂想透過閱讀與文字，徹底「完成一次他未完成的童年」。全作結尾處，敘述者才知道自己被設了局：對於專心閱讀、全神投入的讀者，這座書店會施展法力，「在讀者的心智裡／腐蝕書中世界與現實世界的界線」。原來這是間被詛咒的書店，也是一座文字迷宮，誘惑著所有對閱讀執迷的愛書人，永不得出。

　　《迷宮書店》的英文書名The Bookery，料是衍自麵包店The Bakery，取書本與麵包一樣誘人之意吧？古舊的鬧鐘、窄

門後的書井、書店老闆的女兒麗穗，讓這間書店「閱讀光年」長出奇幻故事的骨架。歌德《浮士德》、普魯斯特《追憶似水年華》、李清照〈聲聲慢〉、魯迅〈孔子己〉等諸多中外文學經典，在詩人引用與叩問下，從閱讀劄記逐一化成故事的血肉。既然骨架與血肉齊備，作為臺灣最能掌握長詩格局的詩人之一，羅智成卻把《迷宮書店》寫成了一部現代詩劇。在詩劇經典貧乏的臺灣新詩界，這部作品秀異不凡的想像佈局，評論者未來勢必無法繞過不提。但為了處理龐大的格局、複雜的思維、深刻的洞見，《迷宮書店》也付出了多處詩句嚴重「散文化」的代價。因為想得夠大夠遠，遂說得太多太滿了——讀畢《迷宮書店》與《遠在咫尺》，思及這點恐怕正是「教皇」羅智成今日的難題。轉念一想：又或許只是閱讀者自陷文字迷宮，渾然不知這是詩人在出難題，考驗我們如何想像「詩的邊際」與判斷「思考的形貌」？畢竟羅智成這位「醺然的術士」，曾在《寶寶之書》中理直氣壯地聲稱：「是不是詩不要緊／我追求的是美味、營養」。

藍色的夢
評隱匿詩集《永無止境的現在》

　　若說上個世紀六、七〇年代，在武昌街明星咖啡屋騎樓擺書攤的周夢蝶是臺北十大人文風景；本世紀於淡水河邊開業、和一百多隻貓咪相伴共生的有河BOOK「書店臭臉老闆娘」隱匿（1969-），亦堪稱是新北的十大人文風景。她經營書店有成，讓徹底觀光夜市化、嘈雜喧闐至極的淡水老街區，保留了一方供詩歌與電影容身的小天地。這間蘊藏能量可抵一處文化局的書店，最終因為女主人需要養病，在創設十一載後的2017年宣告永久歇業。幸有四位愛書的護理人員與一位藝術家合力承接，改以療癒暨藝術為主題，在原址新開「無論如河」書店。店主跟選書畢竟是獨立書店的心與腦，今昔「兩河」之間的變與不變，當然值得愛書人關心、文化界追索。隨著書店易主，曾在「有河文化」印行四冊個人詩集、一冊散文、主編兩部玻璃詩選的隱匿，於告別書店一年後，選擇在「黑眼睛文化」出版《永無止境的現在》。當有河BOOK不在／不再，隱匿的詩於今昔之間，又有何變與不變？

　　猶記得首部詩集《自由肉體》中，那首寫給書店的動人情詩〈我想我會甘心過這樣的日子〉：「有一間書店，緊臨著河岸邊／我為祂，守候著時間／守候每個季節的水鳥／守候泥穴裡沉睡的蟹」。我以為書店之於詩人，既是窺探紅塵之眼，亦為生命情調的復現：「我花了十一年的時間／終於將它打造成／一座監牢／／現在我醒了／從那個藍色的夢中／帶回七彩的

寶石／好用來裝飾我的／下一個監牢」（〈藍色的夢〉）。她在第三部詩集《冤獄》中便寫道：「儘管戴著手銬與腳鐐／詩是我找到的唯一一扇／通往自由的門」（〈我的詩〉），可見唯有詩能領人逃獄，通往自由。但果真能夠逃向「自由」嗎？因為就算回到自己的家，詩人也僅能「為這小小的地盤加上／一道又一道的鎖」，連「自由」二字於此都宛如牢籠，甚且「籠子上面還有個把手／可以提起來觀賞／逗弄」（〈地盤〉）。抑或牢籠根本就設在天地之間，生而為人，不必抱歉，接受便是：「那都已經無所謂了／因為此時此刻／再度為我／敞開了牢門／／但我卻選擇了／留下來」（〈永無止境的現在〉）。所以她寫街友、寫病友、寫醫生、寫博愛座、寫遺失的傘、寫網紅作家時，總有一種看透生命無常、無奈與無謂之感。但詩人從來就不想尋求超脫逸出，反倒隨年歲更加體會「無論如何閃避／我都在這裡面」，她明瞭「在這個／擁擠又疏離的世界上／肉體和自我／都可能無法消滅」（〈原因〉）。我以為隱匿並不是厭世系詩人，她只是看得太明白、想得太徹底，仍在手術治療、書店歇業、貓群離散中進行「艱難又漫長的告別」（〈回診〉）。

　　淡水八里一帶，向來能詩者眾。除了隱匿，還有席慕蓉、陳義芝、羅任玲、顏艾琳、吳岱穎、凌性傑、廖亮羽……，多數皆非原生於斯，而是中年後移居而至。看訪問稿得知隱匿不日將遷居南方，遂想到她那首〈曾經有河〉：「曾經有河／曾經有貓／／曾經觀音的側臉／是我的／世界的盡頭／／但我已離開了／那個永遠／無法離開的地方」。沒有河，還有詩，無論身在何處，藍色的夢終究不會歇業。

弱者以詩鳴
評余秀華詩集《搖搖晃晃的人間》、《月光落在左手上》

　　當全中國的網路甚至電視臺都在討論新詩時，我總是戒慎恐懼遠大於歡欣鼓舞──理由無他，就是近十年間發生太多不堪聞問的「悲劇」了。這類討論皆聚焦在對中國新詩意義與創作前途的論爭，對象則是因萬千網民而突然「火」起來的詩與詩人，譬如趙麗華〈我終於在一棵樹下發現〉：「一隻螞蟻，另一隻螞蟻，一群螞蟻／可能還有更多的螞蟻」；或是烏青〈對白雲的讚美〉：「天上的白雲眞白啊／眞的，很白很白／非常白／非常非常十分白／特別白特白／極其白／賊白／簡直白死了／啊──。」面對趙麗華及取其諧音的「梨花體」、烏青的「烏青體」等現象，中國詩人或追捧或濫罵或激辯，加上媒體推波助瀾、網民各擁立場，眞是好不熱鬧。但我必須坦言：這恰恰暴露出中國新詩這十年在創作及理論上，最躁動、卻也最空洞的一面。

　　所以當2014年底、15年初全中國的網路和電視臺，都在討論一個湖北農村女詩人余秀華（1976-）及其〈穿過大半個中國去睡你〉時，我一開始以爲又是麻雀變鳳凰的「獵奇」故事，而且對這個鳳凰的「純度」不無懷疑。隨著農曆年節前後中國大陸兩家出版社推出她的兩本詩集，印刻也於最快時間引進繁體字版，我才敢篤定地把疑惑轉換成肯定，並被其詩中傳達的生活捶擊疼痛感及飽滿直截式抒情所打動。雖然在眞實

日常中，因為早產缺氧導致出生便罹患腦性麻痺的余秀華，走路不穩、平衡困難、口齒不清，連寫字、打字都是倚靠單手乃至單指緩慢完成。殘疾並未影響她的才情與智力，新詩這一字數最少的文類似乎注定與她相繫，遂能創作出兩千多首詩並陸續在網上張貼。北京權威文學雜誌《詩刊》編輯劉年偶然在博客（Blog）上讀到余秀華的詩，成了她最早、也最重要的伯樂。劉年寫道：「她的詩，放在中國女詩人的詩歌中，就像把殺人犯放在一群大家閨秀裡一樣醒目。」透過《詩刊》微信（WeChat）以「腦癱詩人」為名的推薦，這位湖北省鐘祥市石牌鎮橫店村的農婦，以「煙燻火燎、泥沙俱下，字與字之間，還有明顯的血污」的詩篇在中國大陸颳起旋風。大學邀請詩人到校朗誦、宣傳部急忙到家中送新電腦、保險公司獻上價值數十萬人民幣的「平安保障」、大批媒體記者與出版社編輯趕赴橫店村挖掘消息……圍繞著余秀華的喧囂，至今仍在進行中。

　　這一切都離臺灣太遠，我只能（幸好也只需）透過閱讀文字，細細體會弱者以詩鳴的哀樂。對岸文壇對余秀華詩作的評價，普遍不脫「她是中國的愛蜜莉‧狄金森」與「身體患疾為余秀華的創作加上了同情分」兩種觀點。我認為兩種說法都有待修正，譬如余秀華其實比Emily Dickinson幸運太多：狄金森生前僅有個位數字的詩篇得以發表，出版後又被出版商強迫調整為傳統標點，並將少數詩作改成押韻，以符合彼時詩歌規則；38歲的余秀華則一次就出了兩本詩集，編輯沒有作出竄改，並拜網路科技之賜，享有自行發表、修改及回應的自由。但狄金森詩中反常規的大寫字母、標點符號、省略標題及韻腳不齊，在在讓她成為所處時代裡最獨特的存在。反觀余秀華，

詩作節奏比行動速度快上許多，直截的判斷、樸素的抒情、原始的主題，確實與中國當代詩壇一度唯技巧是尙的主旋律很不和諧。但若放在中國「草根詩人」、「農民詩人」、「七○後女詩人」系譜中，她當然不是唯一、亦非第一，唯其勝在擅長以直白詩行闡釋生命曲折，毫不避諱肉體之苦、相思之情，以及對遠方的無窮嚮往。

　　至於身體患疾是否爲評價添加了同情分，我認爲這僅是從詩外來看問題——此舉既高估了媒體追捧，又低估了讀者判斷。若從詩裡看，試問余秀華的詩作何疾之有？在她最好的詩裡，我只看到飽受生活磨難後，喻依與喻體的完美結合：「越來越薄的我自己／整夜躺在磨刀石上」（〈一把刀〉）；或是女人走過家暴陰影後的詩鳴：「他揪著我的頭髮，把我往牆上磕的時候／小巫不停地搖著尾巴／對於一個不怕疼的人，他無能爲力／／我們走到了外婆屋後，／才想起，她已經死去多年」（〈我養的狗，叫小巫〉）。余秀華是一個女人、一個農民、一個腦癱患者，更是一個健康的詩人，就像她在〈請原諒，我還在寫詩〉中所述：「並且，還將繼續下去／我的詩歌只是爲了取悅我自己，與你無關」。

詩捉得住他
評管管詩集《燙一首詩送嘴，趁熱》

　　管管（1929-）好發議論，有他在的場子總是笑聲盈室，「管見」滔滔不絕。他就是有本事化管見為「異見」，一語翻轉陽世眾人刻板印象：「俺說／風景站在橋上看你／橋站在你上看風景／你站在風景裡看橋／橋站在風景裡看你／／你在樓上看風景人／風景人看你在樓上／看你在樓上風景人／樓上風景人看卞之琳」（摘自〈俺說〉）。主客易位之妙，層次變化之繁，料應足以讓〈斷章〉原作者卞之琳在陰間莞爾吐舌。

　　白靈曾評管管為現代詩詩壇的「孫行者」，我以為還可加上一個詩壇的「老玩家」──所以他會想在一百歲時開〈生日派對〉，刻意鬧一鬧罵自己薄情的老女人：「當年他們是漂亮的／那時我也瀟灑／等他們罵完／我就從棺材裡站起來嚇唬他們」。所以他會寫出〈據說詩是毒品〉，放肆抒發狂想：「詩人節頂想要做的事／就是把詩人通通閹掉」、「把李白的像拿下來／剪成紙塊再貼在新聞紙上／叫他們猜是什麼玩意／然後告訴他們／他是一個不可救藥的私酒販子」。所以這位「管子」會不避葷素地嘲諷：「生為一枚不幸的釘子／總會躍躍欲試，想去釘一釘的陋習／就像那個總想去洞房做新郎／把一塊白牆硬釘出很多窟窿／卻讓蜘蛛在洞裡結網」（摘自〈釘子說〉）。但我以為在愛說、好動、喜唱、嗜玩的表象下，管管終究藏著一股來自時代、源於經驗、痛惜同輩的深深悲傷。

讀此書中憶母親、懷商禽、念周鼎、仿瘂弦的詩篇，尤其如此；詩集裡出現頻率最高的字詞是「餓」，亦可得見。在戰亂逃難中渡海來臺、被迫一夜長大的這個世代（現在都九十歲了！），連所謂「老玩家」都得以笑迎世，藏淚鑄詩。無怪乎面對崇禎皇帝以降的朝代興替殺伐及旱澇瘟蝗災變，詩人不禁感嘆：「這首詩，這首原本不錯的詩，已經被砍成詩不成其他媽的詩了。唉！中國這首多災多難不好寫的詩啊！」（摘自〈一隻這麼難捉的詩〉）。

　　時間在走，局勢遞變，看得通透的管管藉小詩〈房子〉，揭露了權傾不過一時，輝煌豈易永續之理：「那間／住過元朝／住過明朝／住過清朝／住過民國／的房子／／如今住了一房子的／草！／／也好」。他一向採率性、俚俗語入詩，運用驚嘆號之次數驚人，加上宛若天成的戲劇腔及擬對話，已然塑造出一眼可辨、難以習仿的「管管體」。軍旅出身的他兼治散文、繪畫，還以演員身分活躍於「六朝怪譚」、「超級市民」、「小爸爸的天空」、「策馬入林」、「掌聲響起」、「梁祝」、「暗戀桃花源」、「暑假作業」等影片中，如此豐富精彩的人生，實在想不到有多少人能及——還沒算上「七十得子」這段奇蹟。年逾九十，新出一書便欲「爛熟離騷」、「清蒸黃昏」、「太陽煎蛋」……究竟誰捉得住這位一級「老玩家」呢？不曾（服）老的撩妹聖手，看來唯有詩捉得住：「美麗的人兒是不可以咳嗽的／一咳嗽就會有花瓣從身上落下來／落在臉上可以當胭脂／落在手上可以當戒指／『怎麼！你要把花瓣咳嗽在衣襟上當牡丹啊？』／『好看雖是好看，總是叫人心疼的是不？』」（摘自〈咳嗽的花瓣〉）。

現代禪詩在人間
評蕭蕭詩集《松下聽濤》

　　各類著作累積已超過一百種的蕭蕭（1947-），是臺灣少數真正「著作等身」的文學作家兼學者。他能融現代詩之編、寫、評、教為一，對引導讀者脫離晦澀迷障，重拾鑑賞之道頗富貢獻。或許正因為蕭蕭在詩的編選、教學與評論上身影太過巨大，對其個人詩創作藝術成就的討論委實不多。臺灣現代詩史該如何描繪蕭蕭的詩人形象？已然成為一個值得深究的問題。

　　自首部詩集《舉目》（1978）與《悲涼》（1982，收錄了《舉目》全部作品）印行迄今，蕭蕭的詩創作數量雖多，特色倒是相當一致：語言透明清朗、重視音響修辭、偏好短小組詩、題材多涉茶禪。跟眾多一九七〇年代後期成長的詩人一樣，他曾大力檢討、批判前行代逃避現實社會及刻意惡性西化，自此建立起詩語言的清朗標準；重視音響與修辭則屬中文系專業訓練下的體會；短小篇幅更要求過濾雜質，由數首小詩連結為一篇組詩尤是蕭蕭所長。至於題材多涉茶禪，茶詩已輯為《雲水依依》（2012），禪詩則繼詩選集《月白風清》（2015）後，復有這冊收錄2011到2015年創作的《松下聽濤》。

　　在臺灣寫現代禪詩的作家不算少，但其中也不乏將佛教詩混雜其中，乃至只搬佛典、欠缺禪趣——了無禪趣，怎稱禪詩？我以為最能彰顯現代禪詩成績者，當屬周夢蝶、洛夫與蕭

蕭三人。洛夫的禪詩創作集中於壯年乃至晚年，唯其實非詩人主力；「雪中取火且鑄火爲雪」的周夢蝶，以創作凝鑄一生的困頓悲苦，在出世／入世間的矛盾與參透，構成他難以模仿的詩風。與前兩位相較，蕭蕭的禪詩創作數量有過之而無不及，且取材範圍顯然更見廣闊，充滿人間性與現實感。《松下聽濤》寫校園、詠屈原、讀畫作、聽石頭、歌高粱、嘆氣爆……即是明證。詩人的企圖心展現在同一主題之多重變奏，譬如從〈不向佛陀行處行之若無其事〉到〈且向佛陀行處行之若有其事〉，四篇各自衍義，相涉卻不相滯。以〈大紅袍〉爲題的六首系列作，則最能彰顯其輯名「茶禪一味」之理趣。合十首小詩爲一的〈初冬心境〉，讓人聯想到早年《悲涼》時期淒清孤寂的物我對照，反映出抒情主體心靈的既空且冷：「教堂的鐘聲冷了／／一輛廢棄的公車停在遠遠／遠遠的小學旁／十分慈祥」（第10首）。難道年近七十、貴爲院長、傳道授業時總堆滿笑容的蕭蕭，迄今內在自我依然深陷在這般風景中？無怪乎其詩集曾命名爲《後更年期的白色憂傷》（2007），白色也不該只有「月白風清」，莫忘了這句：「白色的是血」（〈初冬心境〉第9首）！

　　蕭蕭歷來所授、所論、所編、所寫盡屬現代文學，殊不知他的根底實來自古典詩學。1970年他就以司空圖的《詩品》研究獲得臺師大碩士學位，自然深諳「不著一字，盡得風流」與韻外之致、味外之旨，以及其對嚴羽「以禪論詩」一派的影響。從古典詩學出發，蕭蕭藉情與悟交融，茶與禪同味的新詩創作，抒發生活感受及生命體會。他成功讓現代禪詩拉回你我腳下的現實，也拉開了他與其他禪詩創作者間的距離。

沒了創世紀，還有張德中
評張默詩集《水汪汪的晚霞》

　　1954年10月，《創世紀》由三名青年軍官成立於高雄左營，自此開啟了穿越一甲子，橫跨兩世紀的詩社傳奇。約莫同期出發的《現代詩》與《藍星》早已停刊退出舞臺；晚生十年的《笠》喚醒現實意識，揭櫫本土大纛，迄今依然勇健；《臺灣詩學》、《乾坤》等團體／詩刊不過二十歲上下，叫聲「老弟」似乎還嫌太過年輕。創世紀於2014年10月歡慶成立六十週年，並宣布正式交棒。其實年過八十的三位創辦人洛夫（1928-）、張默（1931-）、瘂弦（1932-）中，洛夫與瘂弦早已選擇二度漂流，遷居遙遠的雪國加拿大；近十餘年來的編務及社務，大多還是以張默內湖的家為圓心來開展及承擔。由目宿媒體統籌拍攝的文學紀錄片瘂弦《如歌的行板》與洛夫《無岸之河》，去年十月兩部同時隆重上映；相形之下，被譽為「創世紀火車頭」、「詩壇總管」、「詩痴」的張默，在三老中竟是如此安靜而寂寞。

　　語速快、性子急、行動派的張默，就算心裡再怎麼「無為」，恐怕也不會對此完全沒有想法。連同這本《水汪汪的晚霞》，他已印行問世的十八部詩集難道就非得在「創世紀」的旗幟下，才能彰顯價值與意義？這未免太高估詩社的重要性，低估詩人的創造力了。我認為應該進一步提出：唯有自創世紀的刻板印象間掙脫，才能正確評價張德中之詩人詩作（按：張默本名張德中，安徽無為人）。從處女詩集《紫的邊陲》開

始，張默的詩就以飽含生命氣韻及海風浪味見長。創世紀諸君前後提倡過的「新民族詩型」與「超現實」兩種路線，張默都不算是成功的創作實踐者。純粹或晦澀在他的詩行裡並不多見，情感濃烈、噴薄欲出才是張默詩作本色。1994年問世的《落葉滿階》是他創作上重要的里程碑，尤以組詩〈時間・我繾綣你〉最具代表性。此書之後的二十年，張默努力開闢的書寫方向大抵有四：手抄詩、戲擬詩、地誌詩及跨界詩。對前三者，他各有詩集可作代表，譬如手抄詩有《臺灣現代詩手抄本》，戲擬詩有《戲仿現代名詩百帖》，地誌詩則有旅遊各地之詩作與攝影合集《獨釣空濛》。

　　至於四者最末之跨界詩，應屬晚近張默致力之「水墨無為」抽象畫、毛筆書藝，以及兩者如何跟詩創作進行嫁接對話。《水汪汪的晚霞》僅收錄了一小部分，我想應該還有更多成果，囿於出版品限制未及呈現。去世的辛鬱、商禽、楚戈都曾對視覺詩深感興趣，張默可是在完成老友們的未盡之志？張默寫詩一向好用排比、類疊、複沓句法，加上不避諱以口語入詩，竟把此詩集裡的諸多小詩，譜出偌大氣象來。我認為書中最具成績者，當屬〈夢的立方〉、〈獨白，獨白〉、〈水汪汪的晚霞〉等「述志詩」，在在令人思及寫作〈狼之獨步〉與〈在地球上散步〉的紀弦。如果不需依靠《現代詩》，便可評價紀弦詩作功過；張默又有什麼理由，非得綁在《創世紀》裡討論？

理直情壯，以小見愛
評林婉瑜詩集《那些閃電指向你》

　　在臺灣「六年級詩人」隊伍中，林婉瑜（1977-）憑藉著難以襲仿的敘述腔調、對性別之自覺與想像，很早就建立起極高的辨識度。2001年首部詩集《索愛練習》在母親驟逝下倉促印行，導致她日後多次公開表示，刪舊添新、六年後問世那本《剛剛發生的事》，才是自己第一本「從容、完整」的詩集。早期代表作如〈抗憂鬱劑〉，自陳「憂鬱不是病徵，是我的才藝」，隨後巧妙利用柏拉圖著名的洞穴比喻（按：《理想國》中把人比喻為關在洞穴裡的囚犯），在火光之倒映舞影中，以「柏拉圖向我走來／帶我從洞穴離開」作結。那位要帶「我」離開洞穴生活的柏拉圖，會不會只是精神科醫生的另一個「影」？他的出現，是想在夢裡治療「我」的憂鬱，還是更加延長了「我」（始終無法獲得滿足的）渴望及情慾？〈抗憂鬱劑〉以詩為刃，果敢地自我探索、覃思叩問，化典故於無形卻又能讓詩境為之一新，在在都讓讀者留下深刻印象。

　　2011年，詩人以臺北的八年生活經歷為依鎔鑄出《可能的花蜜》，並順利獲得「臺北文學年金」獎助。此書號稱是臺灣第一本「以城市為對象創作、出版的詩集」，其中除了未及十行的〈水彩未乾〉，多屬略有長度的都市詩書寫，顯然亟欲以詩創作重建一座座「臺北地景」。恐怕是受盛名之累，此書竟招惹來「為獎金而寫」的無謂臆測及流言蜚語；對創作成果的

良窳品評，卻在這些討論中可悲地自動缺席了。經此打擊後詩人更為低調沉默，除了偶爾在報刊上發表新作，就剩下另一本書（臉書）上跟三個孩子——知霖、貝貝、小龍——的成長互動記錄。可能是這些臉書短文寫得太好看了，有陣子我都懷疑詩人是否「轉型」成親子教養作家？

　　幸好今年還有這本新詩集《那些閃電指向你》，用七十五首情詩再次帶給讀者「十四萬燭光的幸福」（〈天使〉，見《剛剛發生的事》）。我已經很久沒有看到，有哪本現代詩集如此嚴拒朦朧晦澀入侵，代之以柔軟卻堅定的理直情壯。可觀之處往往就在詩題與內文間，「愛與被愛」的直接連結：「簡單的道理／天冷時需要穿衣與擁抱／醒時需要愛你」（〈醒時需要愛你〉）、「愛的時候／像個無賴／賴著愛／不准走開」（〈無賴〉）、「快要天亮了鵂鶹飛走了他跑去睡覺了／全世界只剩下我／一個多情的好人」（〈一個多情的好人〉）。詩集中更多的是，敘述者通篇以不容商量之口吻頒布懿旨：〈就是那時候〉、〈你就是那件快樂的事〉、〈我決定愛你〉，乃至不可錯過的同名詩〈那些閃電指向你〉。

　　我認為這部詩集最珍貴的特色，除了前述之理直情壯，應屬勇於採取坦露口語、以小見愛。譬如〈自強號車廂分手短劇〉中，第一人稱敘述者作為一個逃票的騙子，竟呼籲「你」快來「把我推落平交道／說我不配／沒有／愛的資格」，饒富趣味與戲劇效果。不可諱言，詩集中部分超過廿、卅行的作品，有淪為散文化的疑慮（如〈補習街〉就敗在此）；其實詩一旦略長，更有賴結尾的驚緊收束，譬如這首詩境為之一闊的〈完整〉：「但那些沒說出口的部分／才使我們完整／那些沒有目的的出發／才是最好的行程」。

　　林婉瑜這本新詩集，總讓我想到大她不只一個世代的席慕蓉。後者早期詩作廣受讀者歡迎，卻遭男性詩評家斥之爲「文學糖衣」或「有糖衣的毒藥」。女詩人以創作直抒情愛之思，彼時竟成爲何等不堪之事！《那些閃電指向你》裡最好的詩作，成績更勝《七里香》或《無怨的青春》──期待這次批評家願意與讀者站在一起，別像整本詩集最後一首〈小丑或狗〉的最末句：「變成石頭／無動於衷」。

鐵道詩人與悼亡書寫
評孫維民詩集《地表上》

　　和火車運轉的巨大聲響相反，在臺灣被稱為「鐵道詩人」者多半低調安靜、秉性沉潛，謝絕詩壇活動與無謂交際。服務於鐵路局電報室近卅八年，「跨越語言的一代」詩人錦連（1928-2013）是著名例子。除他之外，此稱謂當歸屬於大專院校任教的零雨（1952-）及孫維民（1959-）。「鐵道」在兩人筆下早已不僅是「題材」而已，月臺等待、往返移動、車廂見聞……，在在皆從日常幻化為非常，自具體萃取出抽象，詩的隱藏作者有著警醒涉事的靈魂（儘管兩位「真實作者」，據聞都非常「隱匿」）。他們皆偏愛兩行一段的短句，都具強烈可辨的個人風格；但又因為他倆有著更多的差異，而被各自信眾投以如同密教之癡迷摯愛。

　　我認為孫維民的詩創作，發表步調更緩、疲憊氣味更甚，對人與命運的連結思索更趨向形上。第五部詩集《地表上》分為三輯，每輯各收近作二十首，與上一本《日子》（2010）間可謂接續多於斷裂。相同主題在孫維民已發表創作裡，時常以不同方式呈現，重要意象或詞彙亦反覆出現於不同文本中。我所指的，當然不是散文〈寄給賈伯斯的電子郵件〉與《地表上》所錄詩作〈給賈伯斯〉這類最初階的「相同」──雖然網路與iPhone在新書中屢被提及，允為原始地表上的新生物。有新必有舊，詩人亦不忘以〈人工〉與〈純淨〉二詩，替詩歌這項最古老的工藝與命運辯護。雖說是為詩辯護，其語調始終十

分節制，意象卻又無比豐饒。或許正是這般內在拉鋸，方構成孫維民詩創作的獨特魅力。他以塑造戲劇化情境見長的散文詩書寫，自《異形》（1997）迄《地表上》皆罕見失手。〈病理學〉中以多天火車車廂內，闖入一群「懷抱著厚重病理學」的護校女生爲背景，敘述者揣測不遠的將來自己必會「落入他們手中」，煩惱將會「任憑她們爲我打針換藥穿脫衣物甚至移往冰冷的器械旁邊赤裸且完全無能爲力地面對她們的健康及野蠻」。這是典型的孫維民式散文詩，無標點欠句讀節奏緊湊情景人間心境中年。

　　《異形》中有一輯命名爲「有人不喜歡談論死亡」，但死亡恐怕正是孫維民近二十年來最常觸及的書寫主題。到了《地表上》，整體成就最高的第三輯「有時」便全數在寫死亡，而且是親人逝世、「我必須習慣你不在的生活」下的悼亡。任憑他人一再安撫慰藉，詩人雖云「完全理解」與「想要相信」，詩末只能這樣〈回答〉：「謝謝你／眞的，謝謝／／可是我的悲傷／頑強抵抗」。這可謂是孫維民式的悼亡，巨慟難釋，抑制至此，讀後委實令人不忍。「有時」一輯中，〈月升〉與方莘名作採同一題目，〈夜車〉首段寫「夜冗長地落下來了／列車奏起哀樂」則與方思〈夜歌〉開篇「夜性急地落下來了／你不要唱哀悼的歌」相類，自當是詩人有意爲之。但與前輩詩人「雙方」原作欲表現之正向感受相較，孫維民〈月升〉及〈夜車〉恰爲另一陰暗反面——援他詩，悼己亡，別有一種力量。

學問的詩，詩的學問
評孟樊詩集《我的音樂盒》

　　獲法學博士學位卻決心投入中文學界任教及著述者，全臺灣恐怕只有孟樊（1959-）一人。雖並未成為政治學者，但學院訓練讓他時刻秉持縝密、理性的分析，無論行文或治學在在皆以嚴謹著稱。於剖析論理之外，他又精於編輯企劃，時報出版「近代思想圖書館系列」叢書、揚智出版「文化手邊冊」跟「當代大師」叢書皆出自其手。從重磅經典到隨身小冊，編輯人孟樊自己還寫了一部《臺灣出版文化讀本》，針砭書市並寄語未來。知性冷靜的學人形象，極大程度上掩蓋了孟樊作為文學創作者的感性面。一九八○年代初期他即參與路寒袖創辦的「漢廣詩社」，大學時代便已在行吟：「卿卿，妳切莫不言不語／假如詩能入半夜，那麼／請用一束天堂鳥的花香／將我埋葬……」（〈夜的呢喃〉）。所幸學海雖深，仍未埋葬孟樊的寫詩衝動及抒情能力，這本《我的音樂盒》便是他卅多年來的第五部個人詩集。

　　學術研究跟編輯任務都仰賴理性規劃，孟樊也將此一精神移植到詩集出版上。過往的旅遊詩、戲擬詩、小詩創作，分別結集為《旅遊寫真》、《戲擬詩》跟《從詩題開始》三書，可謂是創作融合理念的「概念先行」產物。像這樣明顯設定好範疇跟方向，讓讀者從書名便可一窺作者企圖的嘗試，實有欲替上述三種新詩亞文類，樹立示範的確體之功。《我的音樂盒》則不以確體為要，將六十四首詩作分別編入「十二月練習

曲」、「浪漫樂章」、「夢的小夜曲」、「第一人稱獨唱」、「生活組曲」、「創作詼諧曲」、「主義協奏曲」七輯，加上主動收錄的青春少作跟散文詩、圖象詩，堪稱是詩人孟樊迄今最大規模、品項齊備的火力展示。其中既有甚具企圖、亦可分拆的十二首連作〈十二月練習曲〉，亦不乏輕鬆幽默的小詩如〈我的筆名〉、〈寫詩的豬手〉。但無論篇幅是長是短，詩人下筆時幾乎每篇都有（至少一個）對話對象，讓這部詩集顯得眾聲喧嘩、好不熱鬧，儼然成為「我們的」音樂盒。所謂我們，包括不同世代、流派、地域的詩人，連詩社詩刊（如《創世紀》、《衛生紙》、《吹鼓吹詩論壇》）都被孟樊譜為創作詼諧曲，幽上一默。這部詩集的讀者，恐怕也要對「我們」有一定程度了解，方能享受到按圖索驥抑或不期而遇的互文性（intertextuality）驚喜。

　　全書所收詩作暗藏機巧，明露致意，其文本吸納轉換之泉源，論流派當以超現實跟後現代為大宗，論詩人則屬羅青、羅智成、林燿德排前三。《我的音樂盒》雖不類過往詩集那般刻意概念先行、示範確體，唯畢竟還是展現了精研詩學與文論的「學院詩人」孟樊當行本色。1996年臺灣詩壇及學界由古添洪等八人發起「學院詩人群」年度詩集出版計畫，至2007年成員增至十七位，且一共出版了七冊詩選。十年過去了，雖不復見「學院詩人群」團體、刊物或選集再起，「學院詩人」卻在臺灣新詩場域實際攫取了重要位置。能論詩的學問，能寫學問的詩，從歷來論著到新詩集《我的音樂盒》來檢視，孟樊或許才是晚近臺灣「學院詩人」真正的重要代表。

自覺的文體家
評陳育虹詩集《閃神》

　　自1991年離臺移居加拿大溫哥華後，陳育虹（1952-）曾有頗長一段只閱讀、不寫作的日子。待在中、外文交雜互譯的語境下，她的養分來自站在各國文學巨人肩上讀詩，遂能看得高遠，懂得自謙。連開啟陳育虹寫詩端倪之原因，於今看來也頗爲有趣：彼時尚在文藻讀外文系的她，擔任校刊社長兼主編，一旦缺稿就得想辦法補上。詩是不可或缺、但又少人能寫的文類，最後她只好自己提筆來寫。寫詩先是偶然，而後成爲必然——正如陳育虹多次提及，首部個人詩集《關於海》（1996）乃是「送給父親的禮物」。歷經親人與愛貓逝世，到了這次推出第七部詩集《閃神》，一路走來，屈指二十年矣。

　　陳育虹的詩不好彈感性及婉約老調，其抒情作品中自有一種堅硬的知性爲底。而她對音韻的講求及節奏的掌握，恰又微妙地調和了本顯銳利的鋒芒，遂使詩句凝而不滯，行間閃現著理智與思考後的結晶。她筆下的花卉及自然，莫不是如此：「櫻花談的是一種迫切／迫切的美，美的／更迫切的結束」（〈櫻花談的是另一種哲學〉）、「山櫻花半在雲端／另一半，如何／就閃了神，紛紛杳杳／不知情的紅／一地紅著」（〈鏡花〉）、「那整片浮動的靜／是不是神祇應許的氾濫／蜜蜂在花的耳根，花在你肋骨／你滾燙的影子走過時間走過的草原」（〈這女性的草原〉）。楊牧有書，名爲《疑神》，最終他懷疑的不是宗教之「神」，而是懷疑一個又一個的權威；

陳育虹《閃神》亦不宜只當「恍神」解，她欲閃躲的，難道不是「神」的肆意介入，乃至人的坐以待斃？故《閃神》裡既有草木蟲魚鳥獸之召喚，對人間苦難的關懷亦不曾缺席。〈他們都熟睡了〉斥政府軍如何以化武攻擊平民、〈地中海上〉寫敘利亞難民、〈海地〉悼太子港震災、〈半步〉念日本311海嘯後的岩手縣。詩既可思想，詩更應涉世。

　　我認為陳育虹是臺灣當代詩人中的文體家——這裡完全不必加個「女」字。前作《索隱》（2004）藉「索」提問、由「隱」回應，透過西方第一位女詩人Sappho巧妙串連起全書結構；《魅》（2007）為八十則札記書信，取mail與魅兩字聲音相近，譜為一闋闋戀歌哀曲；《之間》（2011）則讓詩作跨界結合音樂，堪稱Poetry as symphony之重要範例。踵繼三部詩集的《閃神》由52首作品構成，卷一「無調性」與卷三「知了，親愛的知了」各占25首，卷二「古老的神話」、卷四「一種藝術」皆為一首（各有22、40小節的組詩）。除了編纂時的篇幅配置，《閃神》卷二全採札記體書寫，卷四由美國1949-1950年度的桂冠詩人Elizabeth Bishop "One Art"發想，卻寫出了指涉迥異的「另一種藝術」。從一首詩篇，到一部詩集，陳育虹對書寫如何「創體」實深具自覺。

以書寫抵制當代
評碧果詩集《詩是屬於夏娃的》

　　相較於洛夫與商禽，碧果（1932-）在臺灣的超現實主義
詩人系譜中可謂知音最少、掌聲最稀，遑論有何桂冠或光芒。
荒誕奇詭的玄思異想，配上他刻意打造的碧式語言密碼（即張
漢良所言，相對於「社會公語」的「個人私語」），碧果早期
作品之費解難辨，本身就是一則另類「經典」，不知曾令多少
解謎人與嗜詩者失足深淵。一九九六年評論家孟樊曾以「困難
詩人＋邊緣詩人＝孤獨老狼」來描述碧果，並聲稱要為文「還
碧果以眞實」；可惜過了十四年，多數讀者還是視碧果的詩太
過危險——選擇趨易避難的道路，生活才更顯輕鬆愉快？難道
現代詩只適合「悅讀」，不容你我暴烈地讀、自虐地讀？

　　讀詩之法，畢竟是整個社會裡文學教育的問題。只管專心
從事創作的碧果，最多只有如下評論：「我是風／無需蓄意進
入／我抵制所有的門與窗」（〈自剖〉），姿態之高，堪稱是
以書寫抵制當代的奇觀。在同為八十歲上下這一輩詩人中，碧
果既不曾與新興網路世代對話，也不願四處赴研討會為自己立
碑，唯獨堅持要維持穩定的創作與發表質量。二〇〇七年爾雅
版詩畫集《肉身意識》及其中「二大爺」系列，當為碧果晚年
創作可敬的高峰。與之相較，秀威版新著《詩是屬於夏娃的》
並無現代畫的詩／圖搭配，也少了些交互詮釋的空間及趣味。
在編排上，本書既納入十年前舊作〈看雲〉，也收了一首「二
大爺」系列舊作〈夜的外邊〉，不知其理由何在？

　　不變的是，碧果依舊在新詩集裡「我魚一般的游向自我」，繼續「滋養碧式當下的／達達和超現實的／／筋骨與肉軀。」（〈超現實的一天〉）。在碧果早期詩作中，反覆出現的原型意象（魚、花、夢、月、夜），在這本新詩集裡仍然擔綱演出，並以「異形之夜」與「一尾悲劇性的現代魚」之姿存在。碧果一向擅於深掘、扣問、翻轉同一意象的萬千可能，故掌握其詩之原型意象與核心母題，便成為進入碧式世界的關鍵鑰匙。

　　今日讀者一時不察，很容易將碧果作品判斷為臺灣當代最難理解的詩（抑或直斥為「怪詩」、「爛詩」），自不願費時精讀細剖。殊不知《詩是屬於夏娃的》跟詩人早期作品相較，實已親切許多（還記得早年那怪誕的詩題〈齒號〉及充滿性暗示的「一肢肉雲」嗎？還有被大肆攻擊的「透紫的娼妓之我與透紫／我之一條泥虹的淡水街市之一條泥虹」？）詩人所追求的，不是字面可辨之「意義」或屈從日常生活之「時代語」，而是另一種詩美：「不幸的是我們總是把答案／脫口而出／美／就不見了。」（〈美的位置〉）這種詩之美，需要讀者付出更多耐心才能獲得：「是／一則迷死人的結局。是／蟲、魚、鳥、獸的／春色無邊。是／／鑼鼓喧天。」（〈讀詩〉）就算速食文化當道，詩已是小眾中的小眾，筆者就不信：偌大的臺灣，竟容不下一個以書寫抵制當代的碧果？

自囚者的懺情書
評波戈拉詩集《痛苦的首都》

　　詩人跟小說家、散文家、劇作家的不同，絕非只是多個「人」字而已——臺灣的青年詩人要「轉大人」，通常得經過兩項奇特儀式：一是參與詩社，二是出版詩集。自網路普及後，兩者的命運卻開始截然不同：火光四射、時見機鋒的BBS互動與「臉友」交流，讓詩社的重要性快速消退，甚至有淪為歷史遺跡之虞；與其相較，長期被視為「票房毒藥」的詩集出版，卻總是吸引到幾家堅持以苦為樂的出版社，甘願冒著退書滿屋的風險，也要讓詩歌這種最精緻的文字編印成冊。網路時代讓一切事物都化為0與1的資訊洪流，在數字取代文字的惘惘威脅下，紙本詩集的問世遂成為一種反抗的手段……。

　　說這些，或許不過是我輩多餘的感嘆？身為見證過鉛字印刷與紙本盛世的六年級中段班，深知臺灣七年級作家才是真正的「數位世代人」。也因此每次聽聞七年級詩人要出紙本詩集，我總是比拜讀前輩詩人又一冊新作還懷有期待。我期待看到嶄新的意象、跳tone的詩思、重塑的語言，還有超越窠臼的結構與節奏。我期待生於數位時代的七年級詩人，善用這項科技禮物的優勢，增益我對詩的想像，擴展我對詩的認知。

　　以上這些期待，卻完全未見於波戈拉（1985-）第一本詩集《痛苦的首都》。波戈拉使用舊語言、老意象來書寫「愛與苦」這個傳統主題，彷彿頑固大叔般抗拒著任何「新潮」的誘惑（偏偏他又是這麼年輕善感），且毫不避諱在每一輯之

前固定引用前輩詩句。此舉既是公開向顧城、羅智成、林則良、保羅策蘭等心儀作家致敬，也開啟了讀者閱讀時的互文性（intertextuality）之門——每一個文本都是對另一個文本的吸收及改造。

　　整本《痛苦的首都》宛如是一封自囚者的懺情書，執著地向缺席的「你」訴說著愛意與苦惱。至於回應為何，倒是沒那麼重要了。這冊戀人缺席的戀人絮語，還讓性別扮演有了多樣的可能：男詩人的詩語言竟充盈著陰性、流體的特質，細膩婉約處不輸當代女文青，而苦悶覃思、自憐自虐猶有過之。青春詩人的蒼老靈魂，正暗藏在詩中的瓶、魚缸、水族箱等常見意象裡。序詩〈瓶中風景〉早已聲明：「我負傷的內裡／暗藏的音節／再不願。被誰敲擊」——詩人自忖有「隱形城」為伴，豈容好事者隨意「隔著玻璃」窺伺？

　　耽溺於痛楚，忎忑於憂寂，自囚於瓶中，波戈拉第一本詩集就呈現出迥異於同世代詩人的書寫特質。七年級中起跑較快的羅毓嘉、林達陽、林禹瑄都推出了兩本詩集，二〇一三年終於讓我等到崔舜華、波戈拉、林餘佐首度將詩作結集付梓。至於何俊穆、張日郡……，你們還在等誰呢？

而立之年，以詩塑像
評阿布詩集《Jamais vu似陌生感》

　　臺灣七年級作家已自行站出一整個文學史梯隊，今日倘若再用「新生代」去簡單標籤，便未免太小覷了他們的星圖。在一個接一個鋒芒而來、洶湧奔至的名字裡，阿布（1986-）屬於作品質量兼具、卻也最為安靜的一類。這或許跟他的工作──精神科醫生──不無關係，多聽、少說、默默寫，在文學獎金榜與臉書話題上偶爾出現。阿布與同世代的羅毓嘉、林達陽、蔡文騫皆兼擅詩與散文，若賦予我投票的權利，他們都是個人心中七年級作家詩文TOP 10。

　　《Jamais vu似陌生感》是阿布的第二部詩集，跟第一部《Déjà vu似曾相識》（2012）同樣採精神醫學術語為書名。Jamais-vu恰與Déjà vu相對，病徵是明明見過，卻有如選擇性失憶般，忘了曾經見過。雖然書名本身對讀者成功創造了「陌生化」效果，這部詩集其實跟醫學關係甚微，僅〈精神病院〉等極少數作品可以相連。2012年作者在高雄長庚參與一項醫學訓練，並開始當起世界自遊人；國藝會的創作補助計畫，方促成這位旅者最終繳出一冊主題性詩集。全書四輯分別命名為「人、時、地、物」，最具成績及份量者無疑是第一輯「人」，突顯其欲以詩替眾生塑像的雄心。〈蚩尤〉、〈吳清源〉等廿六篇作品，在在令人想起羅智成《擲地無聲書》的八首「諸子篇」，以及《傾斜之書》裡〈問聃〉與〈離騷〉。只是阿布寫得更為簡短輕盈，因為最沉重的，都放到第三輯

「地」的以巴衝突了：「水泥太厚／連哭聲都無法穿透／就讓
塗鴉安靜地爬過圍牆／讓丟上來的汽油彈／在牆上開滿鮮花」
（〈哭牆〉）。

　　論者或可輕易將阿布，與前輩作家王溢嘉、陳克華等具
有醫學背景的創作者並列，夸夸而談其間系譜與關連。若僅就
詩而論，我以為語言上雖有少許「精神科學長」鯨向海的「鯨
味」，主題上更多是向教皇羅智成致敬。如書中篇幅最長之作
〈致最初的讀者〉，即可與後者〈霾雨：致永不消逝的「最後
讀者」〉並觀。我對阿布的閱讀與追蹤，始於他罕被提及的首
部出版品《絕色絲路・千年風華》（2010）。書中文字跟攝影
皆顯得稚嫩，我卻看到一位醫學院短期交換生，亟欲利用每個
罅隙，不停行走、觀看、體驗，以求增加生命厚度的初心。讀
畢而立之年新作《Jamais vu似陌生感》，我想「醫生作家」這
個標籤對他而言實在太狹窄了——或許「七年級」也是。

守護完整的高峰經驗
評陳克華詩集《一》

　　在臺灣「五年級」詩人隊伍中，陳克華（1961-）持續不墜的創作能量／數量／質量令人稱羨，他恐怕也是同輩中最為多棲者——橫跨文字書寫、攝影創作、針筆手繪、數位版畫、戲劇演出、歌詞撰寫、有聲專輯演唱……。身為執業近三十年的眼角膜專科醫生，他不甘背負「醫生詩人」這一混血身分，更拒絕被貼上「不務正業」標籤，甚至長期在診間向病患否認自己就是「那個寫詩的陳克華」。他對現狀不安、對身分不耐，直到2008年赴美西參加一場醫學院師資培育工作坊，被問道：什麼是你在醫學生涯裡失去的完整性（wholeness）？陳克華不假思索，提筆寫下「一」（Oneness）。返臺後方察覺，這個「一」便是文學與醫學的融合，亦或是真正「完整的」自我。於是他不再徬徨疑惑，遠離怨怒憤懣，親近佛學奧修瑜珈曼陀羅……。當然，生命經歷未必得跟詩作追求完全疊合，但這本2015年印行、收錄2010到13年創作的詩集《一》，可謂是源於此背景下的產物。

　　「一」既是完整圓滿的絕對象徵，也是詩人與詩之間命運連結的顯現。它初現於詩人十六歲那年一個逃學的下午，復現於十九歲那年寫給單戀學長、最早獲獎的長詩〈星球紀事〉。逃脫體制禁錮，對抗性別框限，在在都是少年陳克華對「一」的純粹體驗，或是馬斯洛（Abraham Maslow）所謂高峰經驗（peak experience）。在高峰經驗的時刻或狀態，讓詩人更接

近「自我實現者」，更成為他自己，更接近存有的核心、更完全的人。與其把《一》視為一部詩集，不如將之當作一則宣言：那個自稱由「清純玉女」轉為「肉彈脫星」再「削髮為尼」的陳克華，這次以守護者的身分回來了。

他所要以詩守護的，就是度過中年、赤裸出櫃、被迫成為記者狩獵對象以後，失而復得的高峰經驗。我認為，《一》與前面兩部出版於2013年的詩集《瀆》、《當我們的愛還沒有名字》，應被視為同一系列的書寫。裡面雖偶有重複收錄（如〈渡口〉、〈雄性的閱讀〉），或特意將過往長詩與今日攝影並置碰撞（如《瀆》召喚了〈星球紀事〉歌詠的對象：某學長WS）；但它們與2012年出版的《啊大，啊大，啊大美國》、《BODY身體詩》兩部詩集畢竟形成了不同階段。後兩書分別收錄2000到08年、05到06年的反國族主義、男同志情慾題材之作，充分展現詩人不畏暴露狂、穢語症、不道德、男體崇拜等等抨擊。其實這些寫作路數與外界評價，從1995年《欠砍頭詩》中〈肛交之必要〉等作發表後就一直跟隨著詩人，儼然成為陳克華在詩史上的定論：干犯眾怒，驚世駭俗。

然則陳克華僅止於此嗎？《騎鯨少年》曾是他第一部詩集的書名，這次在《一》中卻突然以針筆畫形式重現。在茫茫詩海裡堅定與鯨為伍的陳克華，他所要守護的，五十歲後跟十六歲那年並無二致——那是自給自足、自我實現、結合狂喜與寧靜的高峰經驗。至於《一》裡寫給被吊死的一對中東相愛少年的〈致我同性戀的弟弟〉、寫給白色恐怖受害者的〈深白〉、寫給尹清楓的〈清楓〉，這些詩作中你、我、他……每個人稱，其實皆屬創作者以書寫逼近存有核心後，所要緊緊守護的「我」。

說書人如何煉成？
評陳大爲詩集《巫術掌紋》

　　初識陳大爲（1969-）的詩，來自1994年那冊外觀瘦弱質樸、內蘊雄健凶猛的《治洪前書》。彼時他剛就讀東吳中文碩士班，因爲連獲《聯合報》、《中國時報》等文學大獎而頗受詩壇矚目。多數論者或爲「在臺馬華文學」又一新星誕生而振奮，我卻獨對其所選擇的書寫題材與敘述策略深感興趣。〈招魂〉新論漁父、〈摩訶薩埵〉塗寫莫高壁畫、〈治洪前書〉推敲鯀禹糾葛……，世人熟悉的神話中國在詩人筆下獲得翻轉，他拷問歷史「眞實」的雄心在同世代中確屬罕見。必須承認的是，當時我曾一度懷疑：羅智成上個世紀八〇年代在《傾斜之書》、《擲地無聲書》中，已經作了幾近完美的示範，晚生一輪的陳大爲又能變出什麼新花樣？

　　直到第二本詩集《再鴻門》問世，才可謂完全解除了我的疑惑。詩人以徹底解構與重鑄新腔的雙線並行策略，讓許愼、嬴政、曹操、達摩乃至三國水滸的英雄好漢，在詩人筆下「歷史的骷髏都還原了血肉」。但此處「還原」絕非擬古仿眞，而是剔盡陳腔、打碎重拼，堂而皇之引進後現代的書寫策略，詩語言上也跟羅智成、楊澤等前行代徹底告別。回顧九〇年代，陳大爲《治洪前書》、《再鴻門》與唐捐《意氣草》、《暗中》的出現，足以證明兩位皆屬擅於變造（新）古典風華、添入（後）現代意識的佼佼者。二十年過去了，他們一直都是「五年級後段班」最重要的學院詩人。兩人的書寫雄圖，當然不限於學院圍牆之內；遺憾的是，其詩創作所帶來的文學史啟

示，學院外的有識者畢竟不多，研究或討論終究有限。

本世紀陳大為繳出了《盡是魅影的城國》及《靠近羅摩衍那》，最後就是這本集廿年大成、新作加精選的《巫術掌紋》。近八百行的南洋史詩與十餘首臺北都市書寫，構成《盡是》一書的基礎骨幹；但詩的城國裡，也首見詩人挑戰臺灣讀者認知範疇的嘗試。像〈甲必丹〉不刻意標注是馬來語的Kapitan（協助殖民政府處理事務的僑領），讀來卻有一種陌生化後的疏離效果——諸如葉亞來、拿律戰爭（Larut War或稱拉律戰爭）亦復如此。《靠近》一書則走得更遠，陳大為收束起偌大的南洋，轉而聚焦於老家「小桂林」怡保，直面多元種族社會的宗教與文化情境。羅摩衍那為印度兩大史詩之一，整本《靠近》有意讓佛道教、印度教與伊斯蘭以詩共生並存。陳大為這類文化與地誌書寫，既挑戰、也開拓了臺灣現代詩史的經驗框架，其意義豈止於「記錄家鄉」而已？

《巫術掌紋》則是更進一步的延伸。六首〈垂天之羽翼〉調侃意味濃厚，拿溫瑞安、李永平等馬華旅臺前輩試筆，可以跟前作《靠近》中書寫北島、江河等中國當代詩人的六首〈京畿攻略〉並觀，提供了讀者嶄新的互文性閱讀喜悅。十二首〈銀城舊事〉雖在記錄家鄉的人與鬼、真與幻，但銀城可以是（或不是！）怡保，詩人發表時便刻意未加註明。最具企圖心者，當屬作者從馬來文地名自行音譯的〈拉爾哈特〉。它源於童年生命經驗的濃縮，詩人再以想像後天加工，建構出一座半虛構、「像書籤一樣／夾進聖典裡」的伊斯蘭孤城。叛軍、彎刀、戰馬……，詩人都走到了這麼遠的他方，傳統的「大中華」、「臺灣」甚至「馬華」文學史該如何回應？南蠻刺青，北地漢語，說書人陳大為至此已下筆若有巫，出入無不自得。文學史家的任務，就是不該任其舌頭累垮，輕言多眠。

小詩大道
評蔡仁偉詩集《對號入座》

　　四、五月之交氣候轉趨炎熱，2016的臺灣詩壇更是火氣與罵聲齊飛，還從網路對罵一路戰到地方法院。細究方知，原來是前所未聞的「爲詩提告」，要替劉正偉〈含羞草——寫學生霸凌事件〉是否抄襲蔡仁偉〈封閉——寫給校園霸凌事件〉爭出個是非。論者或辯「含羞草」實乃公共財，或標舉兩造間形成「世代戰」，或譏諷淪爲「儒林外史」現形記……。無論何者，都讓蔡仁偉再次成爲關注焦點。我說「再次」，是因爲自2013年後，他就從最具有代表性的年度選集《臺灣詩選》中消失——但他的創作與發表並未停止，其詩不但持續在網上熱議，更成爲抄詩練字分享者的首選。蔡仁偉2009年自「最短篇」寫作起步，2011年才開始寫詩，並每期攻占鴻鴻主編的《衛生紙+》版面，最高紀錄曾一期獲刊49首作品。處女作《僞詩集》（2013）便一次收錄203首，小詩、短詩、長詩、圖象詩無所不包，尤以十行以內小詩最見功力。他的詩起於生活、不避直白、翻新成見，擅以幽默及奇喻面對現實之荒謬，與詩壇好用的象徵、結構、張力等評論標準全無交集。

　　第二部詩集《對號入座》（2016）亦是如此，唯更專心致力於小詩經營，一行兩行間可謂不求情長，只盼智勝：「他站起來／說自己最中立／臺下立刻罵聲一片」（〈中指〉）。向以理性觀照、直剖核心著稱的蔡仁偉，託物（件）而寄（溫）情之作特別可親：「風不來的時候／風鈴渴望著手的撫

摸」（〈撒嬌〉）。可惜人生本多艱難，其詩所流露的多半
不是溫情，而是由溫熱降至冰冷的血液：「工人說那是鮮血／
老闆說那是油漆／／工人抱怨血一直流不停／老闆說油漆總會
乾的」（〈意外〉）。與跳樓自殺的中國「打工詩人」許立志
作品並讀，這些詩句所揭露的底層工作環境，在在令人不捨與
痛心。蔡仁偉其詩貌似慧黠詼諧，其實我讀到更多悲傷憐憫：
〈當世界只剩下法律〉論及工人臥軌、貧童偷麵包、絕望者開
槍，「當一朵雲／把雨下在禮拜天的遊樂場裡／憤怒的人群／
沒有誰認真看見它的悲傷」。詩人以詩逼問：誰能看見法律大
纛下，究竟戕害了多少弱者？

　　蔡仁偉的小詩不求餘味神韻、不避直露淺白，廣受年輕讀
者歡迎。這個現象彷彿正在提醒：面對更新世代，詩歌典律需
要交替，小詩應該走向大道坦途——或如〈世代交替〉所寫：
「爺爺／我按過的讚／比你吃過的鹽還多」。但書中部分作品
如〈卡奴〉、〈捐款〉、〈退休金〉，還是偏向最短篇的變
形延伸，請恕我無法按讚了。相較於不難生成、複製的一字詩
「呂」（詩題為〈嘞舌〉），我更珍視全書唯一超過六十行的
〈小確幸〉。詩人塑造了一位守法、乖巧、無垢、對長輩言聽
計從的「確幸」。當全臺灣遍地都是確幸這樣的「好孩子」，
到底該讓人放心，還是更令人擔心？

怒向《玻璃》覓小詩
閱讀鄭聿

　　在鄭聿（1980-）的各式書寫裡，有一種溫柔的憤怒，安靜的血腥。他的臉書發言既酸且辣，彷彿要用鍵盤跟這個不公不義世界對抗到底；他的詩卻傾向簡約節制，看得出想將生活口語淬鍊琢磨為結晶。「鄭聿」其實是他的筆名，截取自本名的一半。他曾以另一個筆名「玩具刀」寫詩，並長期堅持在部落格上只保留一首新詩作。僅存新、不留舊，或許正是詩人對這個虛胖臃腫年代的最大諷刺？二〇一〇年首部詩集《玩具刀》以筆名為書名，其中不乏一些令人驚豔的詩想：「我的短刃／從他的身體抽出便是長長的一生」、「哭也會使我生鏽」、「晃動的無人鞦韆／偶爾盪出一個小孩」（最後這句應該是讓人驚嚇？）。但我以為更值得關注者，當屬創作者對各種人物的書寫，譬如〈魚販〉、〈畫師〉、〈鐘錶師〉、〈列車長〉、〈插畫家〉、〈小說家〉、〈大俠〉、〈店長〉，當然還有再具體不過的〈鬼束千尋〉、〈孫維民〉與奇詩〈造句鄭愁予〉。鄭聿頗喜在詩題裡埋藏故事，像〈1980／1208〉竟以日期為題，若非鯨向海序言點破此「乃是暗示你的生日跟約翰藍儂的忌日同一天的曖昧情勢」，沒有任何註解或說明的讀者要如何解謎？另一首〈民生路4-18號B205〉，卻又太明白了些──雖云「B205是一只空箱拆開／是交錯路口讓人車潮通過」，問題恐怕出在：此詩不太經得起拆。

　　《玩具刀》書中所錄甚寬，難免帶有幾分青澀印記與嘗試

痕跡。到了二○一四年的新作《玻璃》才真正做到大割大捨，以輕、薄、簡、碎的樣貌繳出了他迄今最好的幾首小詩，字句間充盈著生活的力量：「最近好嗎／有點想你／積了灰塵偶爾才擦拭的／那種想你」（〈最近的最遠〉）。《玻璃》中多數作品都是詩人畢業後擔任出版社編輯，工作之餘或上班途中所得；某些詩題則更早一些，在他東華大學創英所畢業作品集《表格與備註》中便已出現。詩人顯然對經營一個意象甚至象徵系統深感著迷，讀者必須細心體會此作與彼作、本書與前書間，那些隱密甚至神祕的連繫。例如〈留守時節〉裡：「黑暗是一把傘／為了把傘收起來／而淋了整夜的雨」曾經是《玩具刀》的輯名。訴說「這是我／放久了／我只是不壞而已」的〈鈍器〉，亦來自《玩具刀》那篇精彩「後記」之題目。連新詩集書名《玻璃》，也只是鄭聿原本要收錄書中（但最終放棄的）一首詩之詩題。兩本詩集間隔四年，竟只得三十六首詩，鄭聿顯然試著在貫徹「作者簡介」所云：「想成為更少的人」。

　　《玻璃》以「熔解」、「冷卻」、「穿過去」分為三輯，指涉玻璃的三種物理特性，又何嘗不能是三重人生階段？整本詩集中唯一出現「玻璃」處在：「寂寞是擦拭乾淨／發現中間還隔著一片玻璃／用手指輕輕劃過的／冰涼和曠野」，竟有幾分「歌壇大哥」李宗盛金曲〈山丘〉裡看透人生的感慨。鄭聿或許正是年輕版的李宗盛？離「詩壇大哥」還早的詩人，卻又敏銳察覺到自己的〈晚熟〉：「累累的雜念啊，環顧四周／什麼都掉下了／唯獨我／我懸而未決」。三十歲才出版第一本詩集的鄭聿稱不上早慧，連出社會工作都比他人稍晚。這些生命裡的延遲反倒讓他體會更深，詩句遂有一種以淺言深、化殊相

爲共相的魅力：「常反覆按著／牆上的開關／覺得這輩子全亮或全暗／都只是一瞬間——」。

　　結構顯然不是鄭聿詩作的長處，對文類的區分標準也令人起疑。〈從失戀到世界末日〉原爲他二○一二年三月至六月在《人間福報》副刊上的「截角」小專欄，這些短句每篇不超過五十字，最後竟也悉數編號收入詩集《玻璃》裡。這個任性決定，不妨就視爲詩人的幽默吧？畢竟鄭聿是擅長雙關的詩人：「快樂是無子嗣的／我們未婚生子」（〈未婚〉）。他的憤怒與無奈，亦復如此：「剛開始只是想減少／如今卻眞的太少」（〈留白〉）。

詩的位置——評楊照《爲了詩》

　　爲了誰？楊照（1963-）說：「爲了詩。」爲了揭露詩的祕密、爲了掀開詩的靈光；爲了向詩與詩人致謝、爲了讓更多人可以與詩結盟。雖然作者再三表示自己不是個詩人，也不願再重拾年少時期寫詩的筆；但當拜詩一族讀到「詩是最大的禁忌」、「詩是唯一的救贖」、「詩在甜美中統一了殘酷驚忧的巨大容量」這類神啟式文句時，相信是不會懷疑少年楊照的詩人身分證眞僞的。

　　任何將此書視爲《迷路的詩》（聯合文學，1996）姊妹作甚至續作者，都不免犯了想當然爾的毛病。不過，在這個評論人僅憑一「詩」字即可開始大作千古宏文的時代，不少讀者恐怕也都逐漸習慣這些一點也不美麗的錯誤了。其實此兩書不但形式有別，「體質」更是迴異。《迷路的詩》作爲一部小說化的懺悔錄或啟蒙告白，書中的「我」與「李明駿」（楊照本名）間能否劃上等號，本已是個饒富趣味的問題。中學校慶後數日發生的美麗島事件，更是詩人「我」棄詩從左（翼）的重要關鍵。質言之，儘管行文間穿插、引用了許多詩典詩句，所謂「詩」卻弔詭地絕對不是《迷路的詩》一書中心。如果說《迷路的詩》是離「詩」尙遠的寫作，這本《爲了詩》顯然大幅拉近了與「詩」的距離，少數篇章更勇敢嘗試直探「詩」的內核。《迷》書中有不少楊照的詩，《爲了詩》卻展現出更值得注意的，詩的楊照。

　　可以觀察一個有趣現象：在這個一點也不詩意的年代裡，騷人墨客談詩論藝的出版品卻能持續面世，自成風景。往壞處

想，這難道是文士貧瘠、好詩歉收下的鄉愁寫作？白靈有《一首詩的誕生》、《煙火與噴泉》教人寫詩；南方朔用《給自己一首詩》勸人讀詩；向晚越明的老詩人不單《客子光陰詩卷裏》，復以篇篇簡潔流暢的《五十問》，爲臺灣最小的政黨——詩黨——招募了不少新面孔……。吾人忍不住要問：同樣爲談詩論藝之作，《爲了詩》與這些出版品有何不同？相較於少年楊照那些失敗的襲仿之作，「詩的楊照」爲何膽敢宣稱自己是「爲了詩」而寫？一個遠遠不算成功的詩人，眞能透過這卷讀詩劄記在除魅年代裡召喚詩魂？

細讀全書，首先必須肯定作者之用心。楊照說自己與詩的關係是「正因爲不是詩人」，反而透過閱讀將更多不是自己寫，卻與自身密切呼應的詩「以一種神祕的方式據爲己有」。《爲了詩》揭露了這種「神祕的方式」部分奧妙，也努力讓讀者透過文類間的比附／比較（如指出「小說比較接近魔術，詩則必定是煉金」；《迷路的詩》則以《紅樓夢》裡的男人、女人擬之）好進一步了解詩的特質。書中大談詩與詩人的特權、細論詩人與讀者間那近乎SM（施虐—受虐）的關係……這一切都讓我們想到楊牧那本《一首詩的完成》——也許還有里爾克《給青年詩人的信》？楊照寫作此書的氣魄與企圖，的確有直追《一首詩的完成》之勢。可惜「性格決定命運」，《爲了詩》本爲楊照《中國時報‧人間副刊》一周一次的專欄文字結集成冊，在嚴格的字數限制下，不少篇章讀來都有意猶未盡之憾。筆者當然同意「制約」是寫作的藝術，也是美德；但每篇恰好四頁的《爲了詩》，在在與「不能甘於只活在熟悉的世界裡」、「詩的世界……是與現實語言世界之間的斷裂」這類敘述間存在著微妙的反諷關係。在資本主義產銷機制下，這種尋

求「斷裂」的努力能否真正成功？這部《為了詩》有意無意間竟成了一則很有意思的「寓言」。套句作者的話：「自由都在詩人，捆綁都在讀者」；我在這本書裡卻讀到：「自由都在媒體，捆綁都在文人」。

或該歸咎於發表媒體的篇幅限制，楊照此書在深度與細膩度上，恐怕還是難與《一首詩的完成》並肩。但這並不妨礙兩書各自占據的適切位置：《為了詩》可以引導拜詩一族嘗試去感受入門賞詩的關鍵心法（而非枝節的意象、修辭）；《一首詩的完成》則是寫給以詩／文學為一生職志者的誠摯建言。更重要的是，兩者都是很好看的小書——有了這點，坊間那些稱《為了詩》及《迷路的詩》為「兩本詩評」者的錯誤，好像也就不怎麼值得計較了。

當社會大眾要透過電視螢幕才初識（涉入呂秀蓮「嘿嘿嘿事件」的）楊照時，我們應該慶幸是《為了詩》才接觸到他，一個「不斷用詩騷擾經驗世界，又用感官雜質探問詩的世界的人」。楊照應該明白，詩才是他真正可以「言論免責」的位置。我們之所以不排斥甚至可以接受，這位本土左翼知識份子在書中毫不隱藏的右翼現代主義品味，乃是因為在發言臺上，他所站立的正是詩的位置。

構築詩的美學史
評簡政珍《臺灣現代詩美學》

　　新詩評論在臺灣幾經轉型，其發展輪廓與各階段代表性評論家大抵如下：一九三〇到六〇年代間以印象式批評與擬詩話寫作最為常見（張默、水蔭萍可為代表），且印象式批評手法迄今依然是許多論者偏愛的「利器」，影響之深廣實不容小覷。六〇年代中後期文壇遭受「新批評」的強烈衝擊，應可視為臺灣新詩評論的首度轉型，代表性批評家為李英豪與顏元叔。至於第二度轉型則與七〇年代比較文學視野的導入密切相關，葉維廉與張漢良堪稱本階段詩學雙璧。一直要到八〇年代開始的第三度轉型，才真正出現批評手法的分衍與新變，其間既開展出荒野中的女性詩批評（鍾玲、李元貞、李癸雲），亦見傳統與當代的匯通（渡也、李瑞騰、蕭蕭）；論者或從事後現代詩學的引介（羅青、林燿德、孟樊），或致力於主體性批評的追求（游喚、簡政珍、翁文嫻）。值得高興的是，第三度轉型階段出現的批評家迄今多能維持相當可觀的學術活力，如2003年孟樊便交出《臺灣後現代詩的理論與實際》，2004年又見蕭蕭《臺灣新詩美學》與簡政珍（1950-）這部《臺灣現代詩美學》陸續面世。

　　簡政珍的批評志業本不限於詩學一隅，從《電影閱讀美學》、《放逐詩學》、《音樂的美學風景》等著作可見其從未捨棄對電影、小說及音樂的關懷。但無論何者皆表現出他欲撇開意識型態標籤與理論僵硬框架，秉持精品細讀精神切入文本

的一貫作風。作爲「新批評」的重要遺產，"close reading"本應爲當代批評家的基本功夫與最低共識，就算是解構學大師德希達（Jacques Derrida）都懂得該藉此法在「結構」裡解讀出語意的縫隙，可見它何過時之有？無奈部分批評家習慣逐新趨奇，又往往被各類論述標籤與外表形式所惑，批評遂淪爲忙於舉標語、插旗幟、貼品牌的「分類回收」工作。這種批評家根本無意也無法讀詩，更別說如何跨入詩學堂奧。外文系出身、對西方當代思潮素有研究的簡政珍，不像某些學者喜歡搬弄術語及羅列理論（而且居然可以毫無批判地立刻「在地化應用」），卻提倡與力行回歸詩作本身且從語言入手的閱讀策略。這與坊間所見文評詩論充斥著二流歷史學、三流社會學與不入流心理學的殘痕，當然大不相同。看簡政珍如何選詩、如何評詩、又如何從詩行中窺得超／現實與人生間的有無虛實辯證，誠爲閱讀其著述的一大收穫。

為了寫作《臺灣現代詩美學》，作者自稱大約閱讀了一千本詩集；更可貴的是，書中所選析的詩篇若非出自青年詩人之手，即爲名家較不顯眼、罕被討論的創作。這是因爲他發現臺灣的詩評家只專注於「前衛」與「本土」的兩極傾向，往往忽略了界乎兩者間，少數眞正能觸動人心之作的存在。本書十分犀利地指出：「前衛」作品被批評家譽爲走在時代尖端，卻可能忽視作者根本沒有足夠的想像力面對時代；討論「本土」作品時批評家又完全棄絕美學，根本不論其是否具備想像而僅以意識型態作爲論證。我們發現，整部《臺灣現代詩美學》可說都在尋求跟當代詩學研究者進行對話。簡政珍於書中既憂心「前衛」或「本土」詩人與詩評家的不當共謀，又對同時代活躍的其他評論重鎮另有期待。後者譬如書中所提應以後現代

「雙重視野」的細緻與豐富來補充羅青、孟樊、蔡源煌等人的單向平面觀察，正是爲曾一度「發燒」的臺灣後現代詩學研究另闢蹊徑。這樣的期待也由詩論家延伸到詩人詩作，如書中屢次以美國詩人艾許伯瑞（John Ashbery）長詩〈凸鏡自畫像〉（"Self-Portrait of a Convex-Mirror"）爲例，期許臺灣現代詩也能發展意象化的哲學思維。

　　與1991年《詩的瞬間狂喜》及八年後增訂再版的《詩心與詩學》相較，這部《臺灣現代詩美學》最大的不同在於增加了歷史的面向，全書在在可見作者欲構築「臺灣現代詩美學史」的雄心。他還確實掌握住不把詩語言簡化爲時代註腳及不以詩篇來佐證理論思潮的兩項堅持，並讓全書的論述過程本身，成爲臺灣現代詩學的一次美學示範。

　　雖然《臺灣現代詩美學》部分內容和《詩心與詩學》中〈八〇年代詩美學──詩和現實的辯證〉、〈當代詩的當代性省思〉等篇頗見重複，但前書也不乏對後者作出更延伸性的探索，如簡政珍近年筆下最常見之權宜性措辭：「不相稱」的詩學（poetics of incongruity）。簡政珍認爲它「爲後現代詩拉開雙重視野的景致，也爲後現代詩『由緊而鬆』的精神做有力的註腳」。此處所謂「後現代詩」應指有潛在後現代精神（而非徒具「後現代形式」）之作，否則書中所舉部分詩例恐會遭受不少質疑。關於「不相稱」，作者還指出「在後現代的時空裡，詩壇不時有這樣的詩作出現」、「『不相稱』是後現代的時空裡，經常存在的『現代感』」。我們想問：在「非後現代」時空裡，難道找不出符合「不相稱」特質之作？恐非如此。轉喻的逸軌、不搭調的意涵、不合邏輯的因果、非常理的組合、對既定反應的諧擬、從表象之荒謬到底層之

眞實……，這些「不相稱」美學的面向中依稀可見現代主義詩學幽靈徘徊不去。要界定「不相稱」爲後現代詩的重要特徵，顯然還需要更多的論證與努力。簡政珍論詩常採現象學路徑（Phenomenological approach），並喜藉以哲（Wolfgang Iser）等人洞見對「空隙」美學多所發揮。「不相稱」算不算是《臺灣現代詩美學》爲有志於詩學研究者刻意留下的「空隙」？

化荒地為沃土
評葉笛《臺灣早期現代詩人論》

　　早年臺灣讀者對葉笛（1931-2006）的認識，多集中於創作和翻譯兩端。葉笛的創作生涯始於一九四八年，產量不多卻一直保持細水長流。這些成果後來結集為現代詩《紫色的歌》、《火和海》與散文《浮世繪》，其中既呈現出對戰爭及時局的批判，也有作者靜觀人生百態後的體悟。不過與創作部分相較，葉笛在翻譯工作上的成績恐怕更受本地讀者矚目。其翻譯標的多屬詩學與小說領域，六〇至七〇年代間繳出之布勒東〈超現實主義宣言〉、芥川龍之介《河童》《羅生門》《地獄變》、石原慎太郎《太陽的季節》等作可為代表。其中在《笠》詩刊第七期發表的〈超現實主義宣言〉，以翻譯法國Surrealism經典文獻來代替千萬句責難與批評，對彼時少數化虎不成反類犬的詩人來說，正是一記當頭棒喝。九〇年代初期葉笛束裝自日返臺，譯事版圖更見擴張，扣除與他人合譯之《楊逵全集》與《龍瑛宗全集》，他僅憑一己之力便完成水蔭萍、江文也、楊雲萍和吳新榮四位重要前輩作家詩文集的中譯工作，允為晚近臺灣文學界最生猛的一枝譯筆。這些成果竟悉數出自一位退休教師之手，真叫年紀小上許多的我輩研究者汗顏。

　　其實葉笛本來就很有資格讓我輩感到慚愧。一九三一年出生的他，曾接受過六年日語的國民學校教育，赴日攻讀學位及擔任教職的時間更接近三十載，對日本文學的認識遠非多數臺

灣研究者所能及——這點也提醒了我們，在「詩人葉笛」與「翻譯家葉笛」之外，尚有一個「學者葉笛」的身分久遭忽略。一九九五年臺南市立文化中心出版的《臺灣文學巡禮》曾讓「學者葉笛」短暫現身，可惜此書內容牽涉太廣，各篇之關連性與系統性稍嫌不足，在面貌模糊的情況下自未引起太多注意。八年後面世的這本《臺灣早期現代詩人論》卻十分不同。此書之原始構想，起於《創世紀》總編輯張默的邀約與建議，一方面要撰文介紹日據時期臺灣詩人的創作成果，文末還必須為每個詩人寫一首詩。葉笛又應出版單位「臺灣文學館」之要求，將日語詩人作品以中、日文並刊的方式呈現（其中中日文詩篇全數皆由他重新翻譯）。不管是純屬巧合還是因緣際會，筆者都認為此書應為最能同時呈現「詩人葉笛」、「翻譯家葉笛」與「學者葉笛」這三重身分的出版品。放眼書肆，像這樣將創作、翻譯、研究三者融於一冊者實不多見。

　　在本書介紹的十二位臺灣詩人裡，中文詩人僅有賴和、張我軍、楊華，主要以日文寫作者則有王白淵、陳奇雲、楊雲萍、吳新榮、水蔭萍、郭水潭、江文也、巫永福及林修二。本書出版後，葉笛還陸續在二○○四到○五年間的《創世紀》上，發表了關於林芳年、吳坤煌、王登山的評論，三位也都屬於以日文從事創作的詩人。中／日文詩人在數量及比重上之差距，其實頗為接近彼時歷史「實況」，也提醒讀者勿再墜入奉中文寫作為「正統」的陷阱。在戰後臺灣文學場域裡，中文創作無疑遠較日文創作具備優勢與資本，這也連帶影響了眾人對後者的接受度，遑論如何再去親近更「遙遠」、「陌生」的戰前日文書寫？語言隔閡加上欠缺適當翻譯輔助，連文學史研究者都經常忽略這批戰前日文書寫的存在，彷彿此階段之

文學創作質量貧乏，沒有多費筆墨之必要（此點於中國大陸學界尤其嚴重。試問在研究臺灣文學史的中國學者中，有幾位真懂日文？大多只能間接引用或傳抄作者生平軼事而已）。加上小說一向比詩更能吸引研究者注意，故除了少數「跨越語言的一代」外，確實還有多位以日文創作的詩人長期被迫沉默。葉笛此書之貢獻，正在能化荒地為沃土（其實地本不荒，純屬觀者眼力不足），讓更多人重新認識這批臺灣「早期」日文詩家之寫作成果。其中以〈陳奇雲是誰？〉、〈水蔭萍的esprit nouveau和軍靴〉、〈用音樂語言寫詩的江文也〉最具代表性，葉笛亦是最早探索（與中譯）陳奇雲、水蔭萍、江文也之詩學和詩作成績的評論者。除了能論人所未論，他撰文時還多採比較文學視角切入，譬如將臺灣新文學萌芽期的新詩與日本明治十五年（一八八二）詩革命誕生的《新體詩抄》並比；又譬如將臺灣「風車」同仁的文學觀與昭和三年（一九二八）《詩與詩論》上的新詩精神運動聯繫起來。此兩點嚴格說來都不是葉笛的創見，但這樣的研究方向確實為本地後繼研究者提供了無窮啟示。

本書罕見地將創作、翻譯、研究三者融為一體，卻也不是完全沒有問題——詩人的熱情歌詠、翻譯家的精準正確、學者的裁判評斷畢竟不易整合。有趣的是，《臺灣早期現代詩人論》雖有一「論」字，但全書還是介紹遠多過評析，重心甚至不在裁判良窳、區別優劣。與其說這是一部檢討早期現代詩人寫作成果的著作，毋寧視之為「詩人閱讀詩人」的典範：沒有太多學術腐詞套語，段落間盡是詩心與詩魂碰撞後留下的痕跡。

為詩史不孕症解咒
評徐錦成《臺灣兒童詩理論批評史：1965～2003》

　　在臺灣，現代詩（創作）是個閱讀人口稀少的冷門文類，甚至不時招來「寫詩人比讀詩人多」之譏。相較之下，現代詩（研究）在學術界的處境卻好上許多：《文訊雜誌》曾兩次刊出〈臺灣文學研究之碩博士論文分類目錄〉，從1960到2002年間，以現代詩為論文研究主題者在數量上竟僅次於小說！足見學界與青年學子猶不忍棄詩如敝屣，現代詩也還不到真正「瀕臨死亡」（孟樊語）的那一刻。

　　現代詩研究的質、量雖均有可觀，本地學界長期以來卻患有「詩史不孕症」，不但第一部《臺灣新詩發展史》是Made in China，連此書出版迄今十餘年間，亦未見學界生產出什麼可取而代之的「本地觀點」。於是，儘管批評聲不曾間斷，古繼堂版的臺灣詩史不但依然穩坐「第一」，而且還是多年來的「唯一」——每思及此，怎能不令我輩尷尬萬分？

　　徐錦成（1967-）這本《臺灣兒童詩理論批評史：1965～2003》的出版，應可稍微延緩、紓解我們的尷尬與焦慮。如同作者所言，寫出一部兒童詩批評史將有助於「補強成人版的現代詩批評史」，因為：

　　　　臺灣的兒童詩與臺灣的成人現代詩有密不可分的關係。
　　　　以詩人論，從楊喚、詹冰，到葉維廉、林煥彰、向陽、

陳黎、白靈，都既寫成人詩，也寫兒童詩。但在「成人版」的現代詩評論或現代詩史中，卻從不曾提及兒童詩的成就。以《臺灣現代詩史論》一書爲例，裡面就沒有任何關於「兒童詩」的討論。這，當然是現代詩史的一大缺憾。

　　豈止是「一大缺憾」！無視臺灣兒童詩創作、理論與批評的發展，簡直已成爲現代詩壇／詩學界另一個妄自尊大、劃地自限的鐵證。強要區分「『我們的』現代詩史」與「『他們的』兒童詩史」，或用這種態度來從事研究，試問：該如何面對三民書局自1997年起開闢的「小詩人系列」叢書？這二十本書皆爲當代重要詩人特別爲兒童所寫的兒童詩集，「『我們的』現代詩史」要怎麼處理？

　　理論與批評在文學研究中範疇有別但關連密切，徐錦成特撰一書對兩者作出「整理與總結」，並於第二章兼治兒童詩的發展歷程（兒童詩小史），其心可感、其志可佩。本地長期以來的「詩史不孕症」魔咒，竟是由兒童詩研究者率先突圍與解咒，不知抱持「『我們的』現代詩史」心態者作何感想？總的看來，本書最有價值之處似非作者的歷史分期、對史料的熟稔度或整理功夫；筆者以爲，書中不時冒現的議論鋒芒與個人評價反倒更爲可觀。譬如全書結論處所提出的「十項建議」，以及「三點批評」：

一、相較於社會環境的脈動，兒童詩創作與批評皆未能與時代對話

二、相較於（成人的）現代詩，臺灣兒童詩理論與批評缺乏多樣性

　　三、相較於兒童詩創作，兒童詩理論與批評不但薄弱，
　　　　且總是姍姍來遲

雖是愛深責切，但作者的確點出了值得反省之問題。

　　此書一出，懸缺已久的空白終於可以獲得填補；但是正因爲有所期待，我們對本書不能不多作一些要求。作者在全書之始就提及後現代史學旗手詹京斯（Keith Jenkins），並認爲他的觀點「對筆者的啟發甚大。歷史的書寫不能避免想像……而筆者認爲，書寫文學史尤需想像力」。乍看之下，這本理論批評史將會吸收詹京斯、懷特（Hayden White）等學者的洞見，怎能不令人振奮與雀躍──因爲臺灣的文學史研究根本不理會後現代史學的挑戰，遑論「語言學轉向」這類基本認識！但我們仔細讀畢全書，實在不解後現代史學對作者有何啟發。在敘述方式上，作者恪守「前人」傳統；在史學方法層面，全書無疑還是基於觀察及歸納的科學方法來進行寫作，附錄的「發展年表」與「編目」也絕非後現代思考下的產物。作者依然相信單一、線性、循序漸進的時間觀念，也不曾懷疑將兒童詩的發展小史分爲三期（播種期、黃金期、盤整期）或將兒童詩理論與批評史分爲四期（醞釀期、奠基期、蓬勃期、停滯期）潛伏著什麼危機。

　　或者應該這麼說：徐錦成不幸和葉石濤、彭瑞金、古繼堂、劉登翰等人共享同樣的問題框架，也「繼承」了他們無法回應晚近文學史理論發展的困境。持平而論，這並非作者一人可以解決之問題，而是新世紀所有兒童詩、傳統詩、現代詩研究者要撰史／述史時的共同「起點」。

　　填補空白之後，新的問題才正要逐一出現。

七年級論詩人的逆襲

　　七年級論詩人，終於來臨了嗎？《指認與召喚》由趙文豪（1986-，臺灣師範大學臺文所、崎雲（1988-，政治大學中文所）、謝予騰（1988-，成功大學中文所）、林餘佐（1983-，清華大學中文所）合著，他們都生於一九八〇年代，亦即臺灣慣以民國紀年標示的「七年級生」。這四位八〇世代／七年級生皆攻讀中國文學或臺灣文學系的博士學位，同樣兼具創作者（寫詩人）與評論者（論詩人）身分，選擇2020年在斑馬線文庫出版《指認與召喚》可謂適逢其時。我曾在〈臺灣「六〇世代」與「七〇世代」詩評家特質之比較〉中指出：「七〇世代詩評家的當務之急，應該是『催生詮釋團體』。詮釋團體牽涉到人員、組織、刊物、聚會（或藝文沙龍），日後若要建構『共同歷史』，這些顯然都不可或缺」（見《異語：現代詩與文學史論》，頁105）。這項呼籲在同仁詩社紛紛解離的七〇世代間很遺憾未見迴響；倒是在新世紀第二個十年伊始，喜聞八〇世代／七年級論詩人們願意以書寫與出版來「原詩之道」——他們年輕時聽太多前行代高談「什麼才是詩」，現在該換成自己來訴說「詩可以是什麼」了。

　　值此網際網路時代要組織詮釋團體，可謂既容易，又艱難。容易的部分是工具甚多，合縱連橫或張貼發表都不成問題；艱難的部分是需要媒人，畢竟誰不希望鶴立雞群，按讚分享數量高低有別，一不小心就傷了感情。這回的媒人是從2012年就開始進行「告別好詩」的六年級生許赫（1975-），他同時也是斑馬線文庫的社長。就像鴻鴻主編刊物「衛生紙

＋」時有所謂「衛生紙詩人」；許赫所經營的出版社旗下作家，似乎也可以排出一條不算短的「斑馬線戰隊」。後者間年齡跟國籍的跨度都不能算小，經營文類往往非限一隅，把文學出版視為奮鬥乃至戰鬥手段的意味頗為濃厚。許赫自己走得夠遠，雅不欲下一世代再踏上「告別好詩」之途。2018年他向趙文豪、崎雲跟謝予騰邀稿，集中特定主題、訂立寫作篇幅、固定發表頻率，再加上較晚加入輪值筆陣、且是唯一未曾於斑馬線文庫出書的林餘佐，歷時兩年方有這部《指認與召喚》。

　　既然有媒人以這種形式來號召「斑馬線戰隊」整軍出擊，其內容與效應自然值得引頸期待。寫詩於四位青年並非難事，論詩就其身分（同樣高學歷、多著作、研究中文學門）亦屬本分。難得的是，四人筆下任一篇皆未曾墜入掉書袋、好夾槓之魔道，大抵都能遵守「與君細論詩」之初心，不會擺出一副「吾乃文學博士」的醜惡嘴臉。態度既正確，讀來自舒坦。所以就算謝予騰「詩辨」一輯用大量個人生活感受來開篇，趙文豪「那些名之為詩的」一輯大拋議題來跟不同前行代對話，竟都令人覺得可愛極了——雖然關於詩與散文、詩與批評、詩與文學獎、詩的好與壞……我們已經聽過太多，但書中就是能夠用諸如：「在這條對於詩的追尋，我們必須持續努力前進」（趙文豪語）、「詩這文體的本質，就應該是如此自由而美好的」（謝予騰語）等句讓讀者振奮握拳，昂揚鬥志。至於兩位提出的幾個大題目，在書中偶見「有解釋、沒解決」，應該也是受到篇幅跟格式的限制。

　　崎雲跟林餘佐又是另一種類型。同樣要「細論詩」，崎雲「幻肢與幻技」一輯在閱讀周夢蝶、阿流、郭哲佑以及自己作品時，筆下不時閃現出哲思的靈光與議論的深度。林餘佐的文

字質地在四人中堪稱最佳，「召喚以技藝」一輯把詩評論寫成詩散文，他不走純賞析、解釋一路，而是藉讀詩來燭照生活，興發感悟。所述及者如邱剛健、郭品潔、黃荷生，都是主流視野以外的詩人，亦可見其讀詩脾性。此輯中林餘佐精練出原詩之道與書寫之術：「詩是抒情的酒水、是召喚的呢喃，是所有難言之隱的藏身之處。我們像是巫祝在月光下祈禱，祈禱樹林的豐收，祈禱河流的甜蜜，祈禱傷口的癒合。」（〈儀式：詩〉）、「寫作就是一種逃脫之術，透過心智的活動，去達到躲藏的效果——看不見的鬼，抓著交替」（〈繞過傷口寫字〉）。若說有何遺憾待補，應該是〈我感覺……〉一篇中，對夏宇〈擁抱〉跟黃荷生〈觸覺生活〉的「感覺」還是太飄忽了些——當然，這也可能全然只是筆者「我感覺」。

　　臺灣七〇世代比較活躍的論詩人，從1971年生的李癸雲以降，到丁威仁、陳政彥、何雅雯、楊宗翰、劉益州、解昆樺、王文仁、余欣娟……每一位從學士碩士博士都算「血統純正」的中文學門人。這次四位八〇世代／七年級生亦復如此，一開始不免令人同樣擔心：共享的知識背景、類似的學術訓練、重疊的研究領域，會不會導致他們日漸趨同與窄化？讀畢《指認與召喚》，我的憂慮已減去大半，還很想替他們願意「閱讀同代人」喝采。臺灣固然不缺寫詩人，難道有缺過論詩人嗎？不，我們真正缺的是樂於「閱讀同代人」的論詩人。我也期待七年級論詩人在閱讀同代或前輩、自己與他人之刻，思忖如何用更大規模、更強火力、更不「學院化」的表述方式，延續這場才剛起步的逆襲。

功夫在詩外
評李魁賢《我的新世紀詩路》

　　對於從16歲開始發表作品，迄今寫了逾一千首詩、中譯超過五千首詩的李魁賢（1937-）來說，《我的新世紀詩路》是他繼《人生拼圖》（新北市文化局，2013）後的第二本回憶錄。有些人的一生，寫成文章或許幾頁即道盡說完；值得出版兩本自撰之回憶錄、問世後仍筆耕不輟，放眼本地文壇恐怕還真沒有幾人。從臺灣的國家文藝獎，到域外各國文界詩壇贈與之榮耀，還被印度國際詩人學會、詩人國際社共三度提名諾貝爾文學獎候選人（為什麼不是臺灣，that is the question）……能夠獲得這麼多肯定之聲，絕非「會做人」、「關係好」、「交友廣」這類荒謬理由足以解釋。我認為作品集是作家通行世界的身分證，也是面對各類疑問時最好的說明。李魁賢拿出來的身分證，豈是「可觀」兩字而已：2001年6本《李魁賢詩集》、2002年10本《李魁賢文集》、2003年8本《李魁賢譯詩集》，這三套書涵蓋了他上個世紀的主要寫作成績；新世紀以降，有從2001到2005這五年間，分五輯、共25本譯作《歐洲經典詩選》（桂冠版），也有12本中文個人詩集與19本他國中譯詩集（秀威版）印行面市。這還沒算上詩人自己作品的外語譯本，還有他主動或受託編選的各類詩文選集。這位臺灣詩壇唯一的專利權達人暨職業發明家，以不可思議的自律跟效率，持續累積書寫成果，堪稱真正是「抱著不寫會死的決心」（本書〈備忘語錄〉第一則）。

　　從耳順之年到如今八十三歲，李魁賢把第二本回憶錄取名爲《我的新世紀詩路》，料應有於廿一世紀展開「第二人生」之雄心。在第一人生階段，他年年有創作、勤發表，唯獨1963年想於所學「本業」工程方面發展，動念停筆。次年逢《笠》創刊他才重拾詩筆，從此就未再放下。自1997到2001，他在這四年間每逢假日必去三芝新居寫作，成就了個人詩創作數量的最高峰。回憶錄《人生拼圖》已把李魁賢第一人生階段的功勳，從出版個人詩文集、翻譯他國作家作品到第80章「獲行政院文化獎」逐一列出。到了《我的新世紀詩路》，他改以親征各地國際詩歌節的經歷爲主軸，從2002年拉丁美洲的薩爾瓦多，寫到2019年巴爾幹半島的羅馬尼亞。連身體微恙不克成行的越南河內國際詩歌節，作者在此章都改以「代身出征的詩文留此存證」。

　　這類國際交流若只是在爲自己添花戴冠，當然不足爲訓：李魁賢所做則是強調「臺灣意象，文學先行」，以群體的文學力量取代突顯個人成就。所以他得組織臺灣詩人團赴域外交流與推薦發表，亦需在臺籌辦多屆福爾摩莎國際詩歌節，邀請各國詩人赴臺南與淡水兩地。其目的是讓外國讀者先接受臺灣文學，進而透過文學讓外國人知道臺灣的存在價值。就像他在書中所言：「21世紀臺灣在國際詩壇的交流活動，就是我餘生要爲臺灣貢獻微薄心力的功課重點」。文學的國際交流工作既是一大功課，更是需要功夫——以其中執行細節之繁多瑣碎，所需功夫往往在詩之外，曾經讓多少詩人視爲畏途！

　　李魁賢不但承擔起這項功課，還想有別於陳千武以臺日韓爲中心的「亞洲詩人會議」模式，故力圖往其他洲際走出新詩路（poetry road）。從書中「紀年事誌要略」來看，他可謂年

年皆不得閒，日子都在寫詩、翻譯、編書、策展、組團與跨洲交流中度過。除了敬佩資深前輩作家能有此等體力、耐力及動力，我以為這本厚達642頁的書至少有五種讀法：第一，當遊記讀。第二，當傳記讀。第三，當詩選集讀。第四，當文人交遊考讀。第五，當文化補助政策檢驗報告讀。以第一跟二項而言，作者文字樸實，不尚花稍，並非以情節精彩及敘述技巧見長。至於第三項，出版社編輯已主動代勞，從書中詩作選錄成一冊副產品《我的新世紀詩選》，與本書同時出版發行。最有趣的當屬第四跟第五項：若當文人交遊考讀，可以提供為當代文學之群體研究案例，一探本土派詩歌／文學「班底」（equipe）的集結動員、組織型態、域外連結；若當一份文化補助政策檢驗報告讀，策展及組團經費無疑最令人苦惱。從過往文建會、外交部、教育部、新聞局，到後來的文化部、縣市政府文化局、民間基金會，以作者之名望當然不用「托缽化緣」，但還是得靠寫計畫書與作簡報來匯聚各方資源（白話翻譯：湊錢）。書中也直錄了政府單位承諾跳票的往事，顯然凡對詩歌交流事務不義，作者可沒在客氣的。誰都不能阻擋李魁賢，因為這廿年他最在乎的是：「如果人民沒機會讀詩／我們把詩送到人民面前」（〈淡水是我，我是詩〉）。

以詩學，與歷史競走
臺灣詩學季刊社25週年資料彙編

　　加入臺灣詩學季刊社成為社務委員，於我個人是個意外，卻也好像沒那麼意外──兩年半前我赴淡江中文系任教，始受邀加入「臺灣詩學」這個同仁團體；但早在二十多年前誠品書店一場詩活動上，《臺灣詩學季刊》便成為我生平第一本購買的詩刊。十分稚嫩卻是我首篇評論文章〈擺盪：論楊牧近期的詩創作〉，蒙主編白靈不棄，竟能在該刊第14期現身。連初次擔任網路版主的短暫經驗，也獻給了蘇紹連策劃之吹鼓吹詩論壇「現代詩史」區。臺灣詩學的同仁群、紙本版跟網路版，陪我一路走過個人詩寫與詩學的「青春期」，並容許吾輩於其園地上學習、發表及反思。故當臺灣詩學季刊社要歡欣慶祝25週年之刻，我自然沒有理由推託，遂和林于弘教授（詩人方群）聯手接下了整理資料彙編的工作。我跟「臺灣詩學」相識甚早、相戀甚晚，唯希望能相伴甚久。今日這部《與歷史競走：臺灣詩學季刊社25週年資料彙編》，便既是過往歷程之記錄回顧，亦盼增益繼續前行的壯志雄心。

　　雖云創社／刊宗旨標舉「挖深織廣，詩寫臺灣經驗；剖情析采，論說現代詩學」，「詩寫」與「論說」兩者理應並重；但實際上臺灣詩學的初始成員多在大學專任教職並從事現代詩研究，此組合堪稱是臺灣現代詩刊／文學期刊史上的創舉。當1992年12月《臺灣詩學季刊》第一期推出「大陸的臺灣詩學」專題，並舉辦同名研討會在海峽兩岸強力發聲、引起震

撼，彷彿更奠定了「論說」在社／刊中的地位及份量。當代詩學研究遂成為其饒富特色的鮮明印記，強烈的學院菁英色彩也讓自身迥異於其他詩社／刊（後期才增加了以創作為主的「吹鼓吹論壇同仁」）。若從過往歷史考察，「臺灣詩學」並非第一個欲以全國性組織來凝聚詩學研究人才的團體。1988年3月出版的第四期《臺北評論》上，就刊載了該年元月「臺灣現代詩學研究會」的發起會議紀錄，參與討論者有張漢良、李瑞騰、蕭蕭、白靈、王添源、林燿德、孟樊、黃智溶、游喚、羅青、焦桐、陳義芝、趙衛民、林煥彰等二十多人，皆為彼時臺灣北部重要的現代詩研究者。可惜開完這個聲勢浩大的發起會議後，此「研究會」便不再舉辦任何活動或出版刊物，同仁紛紛獨立研究、各自打拼去了。這批當年詩學研究的「新銳」，今日論年齡皆已過六十；論資歷，則大多躍升為學術界大老或文化圈領袖。臺灣詩學季刊社雖始終無「研究會」之名，但我以為兩者的成立理念與運作規劃，其間不無可相互呼應之處。參與倡議「研究會」的李瑞騰、蕭蕭、白靈三人，更一直是「臺灣詩學」25年來能夠維持下去的關鍵要角。若從這個角度來觀察「臺灣詩學」創社／刊迄今的足跡，四分之一個世紀以來在五項任務上已有一定成績：

　　㈠ 組織各世代新詩研究人才

　　㈡ 學術化當代詩歌焦點議題

　　㈢ 累積對於新詩的批評實踐

　　㈣ 直面本地文學的歷史書寫

　　㈤ 以臺灣為本積極向外發聲

這本《與歷史競走：臺灣詩學季刊社25週年資料彙編》所錄文獻【回首來時路】，與《臺灣詩學季刊》、《臺灣詩學學刊》、《吹鼓吹詩論壇》【刊物編目】，便可謂是以上五項任務的閱兵典禮──而這些都還沒加上網路版「臺灣詩學・吹鼓吹詩論壇」（www.taiwanpoetry.com/phpbb3/index.php）裡，眾多觀念交鋒及留言激辯。

　　就算不含同仁在「臺灣詩學」名號下出版的論集或詩集，從1992年創立迄今共25年間，四十期《臺灣詩學季刊》、三十期《臺灣詩學學刊》與三十期《吹鼓吹詩論壇》加起來就已滿一百部，其存在即是對詩史最為雄辯的說明。臺灣詩學近年來選擇同時發行規範嚴謹的「學刊」跟活潑出格的「吹鼓吹」，這種一社雙刊的運作模式，在歷來眾多臺灣詩社／刊中亦屬罕見。「吹鼓吹」原生於網路，復現於紙本，選錄詩篇與各期主題皆備受矚目，可說替「臺灣詩學」過往略顯凝重的學院風貌，增添一些前衛實驗與顛覆性格。《吹鼓吹詩論壇》一向歡迎自認有滿腔詩血、亟待發表的文學青年來稿，也不曾在網路上各大、小場詩論戰中缺席。與「大眾媒體」報紙副刊相較，詩刊的讀者數量當然還遠不能及。但副刊編輯顧慮到多數讀者偏愛娛樂性較強的「中額」（middle-brow）之作，對前衛詩篇往往避之唯恐不及。詩刊的讀者卻是另一種人──自認也甘於是「小眾」、對主導文化裡的中產作品基調深感不滿、對另類手法與實驗企圖懷有期待──故更傾向擁抱各式前衛詩篇。《吹鼓吹詩論壇》讓這些「小眾」有機會聚在一起發聲、交流跟論爭（無須諱言，「吹鼓吹」曾多次成為詩論戰的中心或目標）。

　　詩社是情感或理念結合下形成的團體，刊物則為詩社同仁

執編與發聲的園地。一部資料彙編就算再怎麼厚，恐怕都難以呈現臺灣詩學季刊社走過25年的全貌，但至少它能夠證明，同仁欲以詩學與歷史競走之志向。若問未及參與輝煌過往的我還有什麼「個人期待」，應該就是：臺灣詩學季刊社未來能否形成一個強而有力、提出主張的詩學「詮釋團體」？

生活在詩方
辛鬱遺作《輕裝詩集》

　　在《龍變》、《鏡子》、《找鑰匙》與《演出的我》這「辛鬱四書」中，皆有一篇〈寫在前頭〉述及：「我生來不是一個寫作人，結果卻以寫詩、小說、雜文甚至廣播劇本、電視劇本過了大半輩子。」著有散文集《我們這一伙人》的辛鬱（1933-2015），其實最能代表幼時輟學從軍、輾轉渡海來臺的「一伙人」，如何在時代、命運與思潮交互衝擊下，成為戰後臺灣前衛文學藝術之實踐與守護者。就我觀察與閱讀後的體會，辛鬱在同輩「一伙人」中有三點堪稱出眾：第一，他曾先後加入「現代派」及「創世紀」兩個詩社組織，雖經歷過現代主義洗禮乃至超現實誘惑，但始終沒有放下過對現實的凝望、對生活的穿透、對人／我的思索。第二，他曾執編或主管《創世紀》、《科學月刊》、《人與社會》三份雜誌，允為同輩中唯一橫跨文學藝術、自然科學、社會科學三領域者。1968年辛鬱還與羅行、丁文智等人合辦「十月出版社」，次年遇到葛樂里颱風導致倉庫水災，才徹底斷了他的文學出版人之路。第三，他是六○年代「現代藝術季」重要催生者，也是有軍旅背景的現代詩人中，跟「東方畫會」、「五月畫會」藝術家們最能接軌的一位。辛鬱長於品評鑑賞卻不作畫，自云「生來不是一個寫作人」的他，其實早把文字當作唯一的戰場──這也是辛鬱和楚戈、商禽等人不同處。

　　我以為僅憑以上三點，便可判斷辛鬱在文藝界與同輩人中

的重量。2015年4月29日詩人不幸在臺北家中逝世，6月13日由文訊雜誌社主辦追思紀念會暨文學展，《2015臺灣詩選》亦特別收錄〈辛鬱詩選〉及主編蕭蕭的專文。被友人稱為「冷公」的辛鬱，冷肅看人間，熱筆書萬象，從文訊編輯部〈辛鬱生平繫年〉可知，年過八十後他依然寫作不輟。比較遺憾的是，迄今仍未見臺灣學術界的碩、博士生以辛鬱為研究對象，其人其作的精彩處及代表性顯然還有待深掘。除了研究，另一個遺憾則在出版。「辛鬱四書」中〈寫在前頭〉作於2003年6月，全篇末段寫道：

> 《演出的我》更坦白的呈現心聲，這些作品選自我的四本詩集，要說明的是，在《辛鬱世紀詩選》選入的作品，此書都不選，所以，不見了〈豹〉，也不見〈順興茶館所見〉。另外，我從一九九六年迄今的詩作，將另編一本詩集找地方出版。

豈料此願未成，辛鬱生前最後一本詩集便是詩選集《演出的我》，出版距今已逾十五年矣！今（2018）年4月適逢詩人逝世三週年，雖然沒有辦法找齊他1996至2015年的未結集詩作，但盼至少可以先印行他自編好的「每日一詩」——那是詩人從2014年首日寫到6月18日，後因氣喘胸悶入院不得不停筆的168首「天鵝之歌」。這批「每日一詩」皆有語淺、句短、記事的共同點，詩人命名其為「輕裝詩」，有〈輕裝詩本貌〉一首：「它從心底浮出／漂在人生水面／有時因為太重／立即鉛沉水底／有時分量太輕／如同灰塵飛天」。雖自云輕裝，卻

不避沉重，譬如：「在黑暗中／詩被囚禁而自殘／它的血不見色澤／／有燈亮起／那是以生命油膏點燃的／微光中可見／詩的／血痕」（〈無題〉）。這首〈自我的寫照㈡〉則可謂詩人暮年賦詩述志的代表作：

　　位置上　始終直挺挺的
　　在烈陽下　從不藏起身影
　　沒什麼可怕——包括死
　　筆禿了　就用手來寫
　　那些帶刺長角的
　　字

　　這僅是我的
　　本色而已

　　跟此作首句一樣，詩人在整部《輕裝詩集》中多次使用「直挺挺」一詞，譬如：「你是我心中一座／孤峯　直挺挺的／不理會時間摧殘」（〈遙念——呈已故岳父〉）、「好個漢子／不愧為兵家必爭之地的子孫／總是直挺挺地站上／爭議的風口」（〈贈尉天驄〉）、「枯枝一般你的身／也恍若詩化／在我的面前直挺挺／矗立／／我從多樹多竹的林口來／第一次與你照面／留下直挺挺／枯枝印象」（〈憶武昌街舊事——紀念周夢蝶〉）。這些故人舊友印象中「直挺挺」的狀態，與今日自己老邁的軀體對照，更可見詩人感慨之深。《輕裝詩集》中回憶許世旭、楚戈、羅門等詩友的篇章，多屬輕不起來的心

痛之作；另一種疼痛則來自時間的催迫，因為肉體終究無法抗拒隨時間而至的衰老：「時針是時間的刺／刺向各個方向／各種物件上／令萬物／痛」（〈時間的另一面貌〉）。若說還有什麼能勉力抵抗衰老的進逼，應該就是當「冷臉爺爺」看到「三歲孫兒的笑臉」吧！

　　《輕裝詩集》一書雖經作者生前編定，我還是特意自選加入了十首詩，盼能讓年輕讀者更多地認識辛鬱的代表作，進而願意完整回顧這位詩人及其所經歷的時代。這本書能夠順利出版，必須感謝張孝惠女士的信任與封德屏社長的託付，還有「斑馬線文庫」鐵三角許赫、施榮華跟林群盛的支持。特別是我自17歲結交至今的群盛，為這本前輩遺作付出了許多努力，令人感佩。面對這個一點也不詩意的年代，我們都還相信詩的力量，並恆常懷念那些曾用作品引導眾人認識世界的詩人——謝謝你們。

將詩意銘刻在五虎崗上
《淡江詩派的誕生》之出版意義

　　五虎崗是淡水的主要聚落，指大屯山脈火山熔岩蜿蜒而下，流至虎頭山分爲五條尾稜，而形成五條如虎爪般的丘陵。臺語俗稱丘陵爲「崙」，故又有「五爪脈」或「五條崙」之稱。其中的第四崙（第四崗）昔稱大田寮，即今日淡江大學永久校地所在。淡水八景之一的「鱟岡遠眺」，就是由此崗瞭望觀音山與淡水河，當風振衣，睥睨江城。五虎崗有豐沛的人文景致與歷史故事，還是臺灣早期和西洋文化接軌之處；設校於此的淡江大學則長期深耕在地議題，踴躍參與公共事務及舉辦國際學術活動，更一向鼓勵文學創作與藝術展演。淡江大學前身是1950年創辦的淡江英語專科學校（淡江英專），爲臺灣第一所私立高等學府。淡江於1958年改制爲四年制文理學院，1980年獲准升格爲大學，現已發展成擁有淡水、臺北、蘭陽、網路等四個校園的綜合型大學，共有八個學院、27000名在校學生、2100位教職員工及25萬名校友。校內所創之「五虎崗文學獎」頗具歷史，徵文對象由在校學生延伸到畢業校友，過往得獎人中不少已成今日臺灣文壇中堅力量。

　　充分自由與尊重創意的校園氣氛，讓淡江大學成功培育了許多優秀作家：

　　【現代小說】：陳映真、古龍、施叔青、朱天文、王幼
　　　　　　　　　華、蔡素芬、阮慶岳、簡白、鄭寶娟、

黃錦樹、鍾文音、夏曼‧藍波安、伊格言……

【現代散文】：林良、陳列、謝霜天、封德屏、廖志峰、陳建志、房慧真、劉中薇……

【古典詩詞】：王仁鈞、胡傳安、龔鵬程、普義南、張韶祁、張富鈞……

【詞曲創作】：李雙澤、林生祥、鍾永豐、雷光夏、盧廣仲、鄭宜農……

至於現代詩這個永遠的青春文類，除了中文系創辦《藍星詩學》季刊、扶持學生社團「微光現代詩社」（還有表現亮眼的「驚聲古典詩社」），淡江人歷來積累了不少創作成果，堪稱北臺灣重要的「詩之搖籃」。會推出這本選集《淡江詩派的誕生》，就是希望能夠透過圖書出版的力量，以文字替過往的「詩想」與「詩事」，留下一部正式紀錄。本書收錄了二十三位淡江畢業校友與曾任教師長之現代詩創作，以臺灣晚近流行、按民國出生年為別的「年級論」，排列於下：

一年級詩人：洛夫（1928-）

三年級詩人：尹玲（1945-）、莫渝（1948-）

四年級詩人：夏婉雲（1951-）、李瑞騰（1952-）、喜菡（1955-）、趙衛民（1955-）、林盛彬（1957-）、周慶華（1957-）

五年級詩人：黎煥雄（1962-）、蘇善（1964-）、陳胤（1964-）、顧蕙倩（1965-）、方群

（1966-）、曾志誠（1969-）

六年級詩人：陳先馳（1971-）、徐國能（1973-）、丁
　　　　　　威仁（1974-）、楊宗翰（1976-）

七年級詩人：王慈憶（1981-）、李雲顥（1985-）

八年級詩人：曾貴麟（1991-）、曹馭博（1994-）

　　從最資深的英文系系友洛夫（1928年生）到最青春的中文系系友曹馭博（1994年生），其間差距達六十六歲，恰與本校在淡水創立紮根迄今滿六十六年相符。《淡江詩派的誕生》是首部結合歷屆淡江教師與校友的現代詩創作選集，也是全臺第一本以「大學詩派」命名的出版品。書中所錄詩人跨越臺灣各世代、流派與詩社，盼能藉以突顯五虎崗上詩創作之繁茂盛景，並寄寓對未來淡江學子之深遠期待。

　　就像五虎崗成為淡江大學的代名詞，珞珈山則是大陸名校武漢大學的代名詞。珞珈山原名羅家山，「珞珈」由武漢大學文學院首任院長聞一多命名，也是自聞一多開始建立起優良的詩歌傳統。由吳曉、李浩主編的《珞珈詩派》（武漢：長江文藝出版社，2016年8月），收錄了王家新、車延高、李少君、汪劍釗、邱華棟、洪燭等中國當代著名作家的詩，既彰顯武漢大學的詩歌傳承，也呈現「珞珈詩派」完整而豐厚的面貌。詩人李少君曾把珞珈山稱為「詩意的發源地，詩情的發生地，詩人的出身地」，《淡江詩派的誕生》問世時間雖略晚《珞珈詩派》半年，但也希望能讓五虎崗成為一個「詩意的發源地，詩情的發生地，詩人的出身地」──質言之，我認為「詩派」不應是黨同伐異的排他起點，而是以義聚、以詩合的情感認同。

相信本書中的每位入選者，都是曾經想將詩意銘刻在五虎崗上的人。

1976年12月3日在一場以西洋民謠爲主的演唱會上，當時的淡江數學系學生李雙澤以「唱自己的歌」爲號召，鼓吹年輕人傳承自己的民歌，給予臺灣民歌運動無窮之啟示。李雙澤逝世三十週年時，淡江大學決定在校內「牧羊草坪」爲李雙澤立碑（紀念碑由王秀杞設計，碑文「唱自己的歌」五個大字由蔣勳所題，註解小字由張炳煌執筆）。這位令人敬佩的歌手，將永遠被校內師生與畢業校友牢記；我是多麼期待能在未來的日子裡，看到淡江詩派二三豪傑，也能以不同形式在美麗校園內以詩顯影，爲世所重。

解開尹玲的行囊
關於《血仍未凝：尹玲文學論集》

　　作爲「那一年我們一起K過的書」，桂冠版《文學社會學》是很多中文系學生的共同記憶，對學者何金蘭（1945-）的大名當不陌生。我因爲喜歡現代詩，九〇年代中、後期開始在《臺灣詩學》等媒體上閱讀尹玲，雖感慨於詩中之大慟，也僅能以陌生讀者身分，保持著謹愼而遙遠的敬意。十多年品讀下來，自認已可辨識隱藏作者在文本中的身姿魅影；唯要說得上認識眞實作者何金蘭教授／作家尹玲，終究還是最近幾年間的事。她在淡江大學中文系任教超過三十年，師生間流傳關於她的故事甚多，一夜白髮、一歷越南、一夢巴黎，一饗美食，一傾帥哥……，且一輩子都在淡江任教的她，晚近因腿部傷勢未癒，得加上一根拐杖助行。但我最好奇的，還是這位眞實作者無論到哪都背著一袋行囊。這包看來又大又沉，我從未問過她裡面裝了什麼——只感覺詩人彷彿要把全世界都裝在裡面，方便她可以隨時出發，遠行天涯。

　　編選這部《血仍未凝：尹玲文學論集》，就是希望能夠以文學的角度與方法，嘗試解開尹玲那只神祕的行囊。本書從歷來關於學者何金蘭／作家尹玲的評述及訪談文字中，選錄了八篇學術論文、兩篇作家專訪、一篇詩集序言，以及何金蘭／尹玲三篇自剖：〈讀看得見的明天〉、〈六〇年代以及〉、〈那年那月那時〉。這些文章或訪談的執筆者，包括古佳峻、白

靈、余欣娟、李癸雲、林積萍、夏婉雲、陳雀倩、陳謙、紫鵑、顧蕙倩（依姓名筆劃序），並不限於其門生故舊，而是一份當代優秀文學評論家的名單。我對「造神」、「門派」素無好感，因爲文學畢竟是一門個人的手藝，文學評論又何嘗不是如此？有誰能帶著一隊弟子走進文學史裡，還能走得足夠深、足夠遠呢？相信習慣長期一個人遊走四方的學者何金蘭／作家尹玲，應能贊同我這點小小的偏執。

　　作爲本書編者，我曾不只一次或勸或誘，期盼作者能夠藉此書出版機緣自訂年表，以取代目前部分學位論文資料上的訛誤。唯詩人自謙恐力有未逮，加上製作時間確實緊迫，最終只被我逼出一篇新撰寫之散文〈那年那月那時〉，權充彼時走過足跡的重要印證。另一個遺憾源自我個人能力有限，一直找不到撰文評析學者何金蘭／作家尹玲翻譯事功的合適學者。此一人選最好同樣精通法文及越南文，對小說與詩歌皆深有研究，兼具語言學及文藝學專業……。尹玲在本書最末留下一句：「還未寫的，會再努力。」也請容吾輩友朋，援此語自我勉勵：「還未評的，會再努力。」

　　尹玲常說自己是無家之人，我想那恐怕不只是精神上的無家可歸，而是肉身確實因越南戰爭經歷了國破家亡、人事全非，並導致她日後長期受失眠與乾眼症所苦。我在越戰結束後一年出生，雖然島內各色政黨惡鬥，民主與反民主陣營紛擾不斷，但對外終究是臺灣最長的和平年代。戰火紋身之痛，我們何其有幸不需親歷；但觀尹玲其人其詩，吾輩見證了一位創作者如何自死亡深淵中甦醒，從絕望的墓地裡復活。其間之心境轉折，正如她所述：

一個出生在越南「南方」的孩子，在「命運」「巧妙」的安排下，成長過程所經歷過的複雜問題：國籍錯亂、身分認同、文化多樣、戰爭摧殘、創作受到扼殺、書寫嚴重創傷、陷入欲逃無路的困境，幾乎墜入死亡絕境，經過多少時間的煎熬折磨，才悟出見證浩劫書寫歷史的意義。文學的多重層次、文學的無限力量、文學於不同時代在人世間扮演的各種角色、戰爭時或太平時為人類帶來心靈精神上不同的所需慰藉，為整個宇宙、人類歷史、世間萬物作了最真實誠摯的見證神祇。

（摘自何金蘭〈讀看得見的明天〉）

　　本書書名借自尹玲戰爭詩名作〈血仍未凝〉，全詩共四節，第三節有句「年月若魘啊／愛原是血的代名詞」，愛情與死亡在詩人的靈視下，彷彿皆是如此一瞬，這般永恆。不知道尹玲那只神祕的行囊裡，還藏有多少愛與血交融的故事？唯盼血雖未凝，尚有愛不止息，讓文學與書寫的力量帶給後世更多啟發。

以詩選瞄準未來詩史
寄語《風球詩社十週年詩選集》

　　在紙本詩集出版愈趨容易、銷售發行卻愈趨困難的此刻，每欲印行一部詩選面市，我以為都要有跟詩史對話的雄心。否則以網路傳播之即時便捷，何需耗上砍樹造紙編排印刷裝訂寄送等一連串功夫，只為了滿足「一書在手，其樂無窮」的自我安慰？既然決定編印詩選，就是真的有話要說；特別是所謂同仁詩選，更不該只圖留個紀念，說給自己人聽。選擇相濡以沫、報團取暖是個人自由，但文學史的通行證從來就沒那麼容易取得，「團體票優待」更是一種毫無根據的幻想。

　　同仁詩選也不是沒有優點。至少第一其資料正確度相對翔實，第二其畢竟替詩社活動與詩刊創作留下刻痕，第三則是向詩史／文學史撰述者集中展示火力，避免被不經意移出討論視域。且容我分述如下：任一部詩選作為公開出版品，維持資料正確度當然是很基本的要求。非同仁性質的詩選，卻有可能因為主編或執編一時誤植漏列，致使全書出現不可挽救的瑕疵。就舉2017年出版的三部詩選為例：由方群、孟樊、須文蔚三位詩人學者主編的揚智版《現代新詩讀本》，是在既有的2004年初版基礎（以詩作誕生時間的編年體來呈現詩史演變）上，再增訂「新世紀臺灣詩選」一輯而成。其中廖偉棠以〈窗前樹〉一詩列入此輯，成了唯一一位入選的香港當代詩人。《現代新詩讀本》的各輯名稱，分別為：「五四」～一九四九年大陸詩選、一九二〇～四〇年代臺灣日據時期詩

選、一九五〇年代臺灣詩選、一九六〇年代臺灣詩選、一九七
〇年代臺灣詩選、一九八〇年代臺灣詩選、一九九〇年代臺
灣詩選，以及這個新增的「新世紀臺灣詩選」。本來的架構
裡就沒有納入香港，此時方刻意加入一位，反倒顯得有些突
兀——加上香港詩人後，要不要加上澳門？要不要加上「新南
向」的新馬泰菲越？要不要過個太平洋，加上幾位北美詩人？
就算只列香港，為何沒有崑南或也斯？另一部由張默、蕭蕭主
編的九歌版《新詩三百首百年新編（1917～2017）》，是將
1995年初版的《新詩三百首》重新分輯增補，無論新、舊版
都是備受矚目的重要詩選集。不過全套三冊的百年新版，封底
處赫然寫道：「域外篇從一九四九到二〇一七年，包含大陸、
美加、菲律賓、泰國、馬來西亞、新加坡諸國等，有大陸的北
島、顧城，香港的也斯、黃國彬，美加的藍菱、貝嶺，新加坡
的王潤華、和權等，涵蓋全球華文新詩出現的山海天地，呈現
遍地開花的風美景象」。「風美」顯然是「豐美」之誤，更
離譜的是和權一直都住在菲律賓馬尼拉，何時從千島之國被派
到了獅城？要說和權跟新加坡有何淵源，最多就是詩人的千金
確實住在新加坡，但恐怕他還沒有從偶爾探親變為長期移居的
打算吧？第三本2017年問世的詩選，是楊宗翰主編、允晨出
版《淡江詩派的誕生》。這本詩選是全臺第一本以「大學詩
派」命名的出版品，內容結合了歷屆淡江教師與校友的現代詩
創作，書中最資深的洛夫（一九二八年生）跟最青春的曹馭博
（一九九四年生）剛好差距六十六歲，恰與學校在淡水創辦栽
根滿六十六年相符。也因為限制收錄對象為歷任教師及校友，
故編選時尚未畢業的博士班田運良、碩士班洪崇德、大學部林
佑霖只能成為遺珠之憾。即便如此，出版後才發覺校友部分至

少還漏掉綠蒂、方明、紀少陵（陳旻志）、劉紋豪、楊瀅靜跟騷夏（黃千芳），終究未及向這幾位分屬不同世代、原來都曾在淡江讀書的詩人遞出邀稿函。

　　至於第二點，同仁詩選的功用之一，正是替詩社活動與詩刊創作留下刻痕。詩社不興登記立案、成員鬆散名單凌亂、各期刊物蒐集困難……在在都成為臺灣現代詩社／詩刊研究的障礙。詩選於此處的用途大矣，譬如「秋水詩社」走過四十年，其足跡便整理為《盈盈秋水》、《悠悠秋水》、《戀戀秋水》、《泱泱秋水》跟《浩浩秋水》五本選集；由林佛兒經營的林白出版社，1973年6月替「龍族詩社」印行的《龍族詩選》亦十分重要。最老牌的臺灣四大現代詩社中，「創世紀」與「笠」一向擅於以編輯詩選來自放祝壽煙火，也恰好比「現代詩」跟「藍星」兩家利於研究者辨識追索。

　　第三點所謂以詩選向詩史／文學史撰述者集中展示火力，這對於從校園出發的大學詩社／詩刊尤其重要。臺灣戰後之校園詩社／詩刊自有其傳統，也應該在臺灣文學史上留下深淺不一的印記。唯這類詩刊有幸被「數位化處理」的機率甚低，稍一不慎便散佚不全，導致有許多大學校園詩社／詩刊從未能夠進入臺灣詩史／文學史撰述者的討論視域。眾多前輩詩人的青春史，藏在校園詩刊字裡行間及大學詩社活動紀錄——就算它們只是臺灣文學裡從下而上的「小歷史」（history from below, little history），一旦被發現，就不容成灰。始於東吳大學的「漢廣」、始於臺中師專（今臺中教育大學）的「後浪」、始於高雄師範學院（今高雄師範大學）的「風燈」……都還欠一部詩選，好重新建構起關於他們自身的「小歷史」。

　　以詩選建構這類「小歷史」，對於活躍了十年的「風球

詩社」同樣重要。這群跨越了七年級（80後）到九年級（00後）的創作者，或者已是社會新鮮人，或者仍在博碩士、大學、高中階段學習，同仁人數加總起來超過兩百名。這次收錄其中五十位同仁、每位自選1到4首詩作並附上個人簡介，遂有《風球詩社十週年詩選集》。就我的觀察，總覺得「風球」各項活動甚多但雜誌出刊不穩——或許他們的重心早移至各地讀詩會或全臺巡迴詩展，紙本刊物的重要性自微不足道？這部詩選也是依北、中、南、東四地讀詩會來編排，可謂是他們與其他同仁詩選間顯著的不同。「風球」跟我在1994年籌辦的「植物園」一樣，屬於跨校性大學詩社，但他們後來成功向上（研究所及社會人士）及向下（高級中學）延伸，格局及氣象皆非「植物園」所能及。「風球」最初由華梵大學哲學所研究生廖亮羽串連8所大學、14位校園詩人共同創辦，其成立起因與2008年5月「大學校園巡迴詩展」有密切關係。彼時另一跨校性團體「然詩社」，也是從2008年9月《聯合文學》「全國巡迴文藝營」後，同在新詩組的謝三進、蔡文哲、郭哲佑、余禮祥等人，希望能延續營隊中與同好一起討論詩的熱情，方才決定籌組創社。2010年我替秀威資訊的新品牌「釀出版」籌畫七年級金典三書，其中《臺灣七年級新詩金典》便是邀請謝三進、廖亮羽兩位擔任主編，2011年2月出版後引起不少討論。書中選出的何俊穆、林達陽、廖宏霖、廖啟余、spaceman、羅毓嘉、崔舜華、蔣闊宇、郭哲佑、林禹瑄十位「七年級詩人」，後來的發展允爲同世代中佼佼者，足證我當初堅持的「七年級選七年級」並沒有走錯方向。

　　時代是屬於他們的，喝采與期待則是我們可以做、也應該做的。「風球」雖然不能代表臺灣七年級詩人全體，但其成立

之初就是想做「新世代的風向球」，雖然他們承認：「我們的主張，就是沒有主張」（2009年3月《風球詩雜誌》第1期，總編輯林禹瑄執筆的發刊詞題目）。創刊號還提及風球「代表了颱風警報」、「我們希望這本刊物可以成為新世代的風向球，透過公開徵稿與匿名合議的評審制度、還有對外的邀稿和社員的作品，呈現出一個世代詩創作的風貌，同時也反應這個世代的詩觀」。忽忽十年已過，今日「風球」成員已從七年級創作者，延伸擴展到尚在高中就讀的九年級創作者，他們要如何打磨出屬於自己的詩觀？當「風球」從14位創辦人變成200位成員，所謂「風球詩人」間的「差異性」在哪？「風球詩人」間的「世代別」為何？「風球詩人」間誰才是真正的「強者」、「大物」？《風球詩社十週年詩選集》一書，應該要能夠答覆這些問題。因為校園詩社無論再怎麼跨校，畢竟多屬情感集合體，是友誼團、舒適圈兼青春園。而強者在創作上是不必圍爐取暖的──因為他們自己就能生火，自己便在發光。

引用書目

一、專書

古遠清：《臺灣當代新詩史》（臺北：文津，2008）。

古繼堂：《臺灣新詩發展史》（臺北：文史哲，1989）。

江寶釵纂修：《嘉義縣誌・卷十・文學誌》（嘉義：嘉義縣政府，2009）。

何郡：《永遠不敢伸出圍牆——何郡詩集（2000-2011）》（臺北：秀威，2017）。

余秀華：《月光落在左手上》（新北：印刻，2015）。

余秀華：《搖搖晃晃的人間》（新北：印刻，2015）。

吳潛誠：《島嶼巡航：黑倪和臺灣作家的介入詩學》（臺北：立緒，1999）。

李魁賢：《我的新世紀詩路》（臺北：釀出版，2020）。

辛鬱：《輕裝詩集》（新北：斑馬線文庫，2018）。

周英雄、劉紀蕙編：《書寫臺灣》（臺北：麥田，2000）。

孟樊：《我的音樂盒》（新北：揚智，2018）。

林于弘、楊宗翰編著：《與歷史競走——臺灣詩學季刊社25週年資料彙編》（臺北：秀威經典，2017）。

林婉瑜：《那些閃電指向你》（臺北：洪範，2014）。

果子離等：《五年級同學會》（臺北：圓神，2001）。

波戈拉：《痛苦的首都》（新北：木馬，2013）。

阿布：《Jamais vu似陌生感》（臺北：寶瓶，2016）。

柯順隆、陳克華、林燿德、也駝、赫胥氏：《日出金色——四度空間五人集》（臺北：文鏡，1986）。

洛夫、張默、瘂弦編：《七十年代詩選》（高雄：大業書店，1967）。

夏鑄九、王志弘編譯：《空間的文化形式與社會理論讀本》（臺北：明文，2002）。

孫維民：《地表上》（臺北：聯合文學，2016）。

席慕蓉：《七里香》（臺北：大地，1981）。

席慕蓉：《無怨的青春》（臺北：大地，1983）。

徐錦成：《臺灣兒童詩理論批評史：1965～2003》（彰化：彰化縣文化局，2003）。

張愛玲：《傾城之戀》（臺北：皇冠，1991）。

張漢良等編：《八十年代詩選》（臺北：濂美，1976）。

張默：《水汪汪的晚霞》（新北：印刻，2015）。

張默編：《臺灣現代詩編目（1949～1995修訂篇）》（臺北：爾雅，1996）。

張默、瘂弦編：《六十年代詩選》（高雄：大業書店，1961）。

張雙英：《二十世紀臺灣新詩史》（臺北：五南，2006）。

章亞昕：《二十世紀臺灣詩歌史》（北京：人民文學，2010）。

陳大為：《巫術掌紋：陳大為詩選1992-2013》（臺北：聯經，2014）。

陳克華：《一》（臺北：釀出版，2015）。

陳育虹：《閃神》（臺北：洪範，2016）。

陳炳良編：《香港文學探賞》（香港：三聯，1991）。

陳皓、陳謙編：《一九六〇世代詩人詩選集》（新北：景深空間設計，2014）。

陳皓、陳謙編：《臺灣一九五〇世代詩人詩選集》（新北：景深空間設計，2016）。

陳皓、楊宗翰編：《臺灣一九七〇世代詩人詩選集》（新北：景深空間設計，2018）。

單德興編譯：《跨越邊界：翻譯・文學・批評》（臺北：書林，1995）。

曾魂總編、廖亮羽策劃：《風球詩社十週年詩選集》（臺北：秀威，2018）。

焦桐：《臺灣文學的街頭運動（一九七七～世紀末）》（臺北：時報，1998）。

黃繼持、盧瑋鑾、鄭樹森：《追跡香港文學》（香港：牛津大學，1998）。

楊宗翰：《臺灣現代詩史：批判的閱讀》（臺北：巨流，2002）。

楊宗翰：《異語：現代詩與文學史論》（臺北：秀威經典，2017）。

楊宗翰編：《血仍未凝：尹玲文學論集》（臺北：釀出版，2016）。

楊宗翰編：《淡江詩派的誕生》（臺北：允晨，2017）。

楊宗翰編：《交會的風雷：兩岸四地當代詩學論集》（臺北：允晨，2018）。

楊照：《為了詩》（新北：印刻，2002）。

葉笛：《臺灣早期現代詩人論》（臺南：國立臺灣文學館，2003）。

解昆樺：《詩不安：七〇年代臺灣新興詩社及詩人之精神動員與典律建制》（苗栗：苗栗縣文化局，2006）。

解昆樺：《青春構詩：七〇年代新興詩社與1950年世代詩人的詩學建構策略》（苗栗：苗栗縣文化局，2007）。

解昆樺：《轉譯現代性：1960-70年代臺灣現代詩場域中的現代性想像與重估》（臺北：臺灣學生書局，2010）。

碧果：《詩是屬於夏娃的》（臺北：秀威，2010）。

管管：《燙一首詩送嘴，趁熱：管管百分百詩選》（新北：印刻，2019）。

趙文豪、崎雲、謝予騰、林餘佐：《指認與召喚》（新北：斑馬線文庫，2020）。

蔡仁偉：《對號入座》（臺北：黑眼睛，2016）。

鄭聿：《玻璃》（桃園：逗點，2014）。

鄭慧如：《臺灣現代詩史》（臺北：聯經，2019）。

蕭蕭：《松下聽濤》（臺北：釀出版，2015）。

謝三進、廖亮羽編：《臺灣七年級新詩金典》（臺北：釀出版，2011）。

隱匿：《永無止境的現在》（臺北：黑眼睛，2018）。

簡政珍：《臺灣現代詩美學》（臺北：揚智，2004）。

羅智成：《迷宮書店》（臺北：聯經，2016）。

羅智成：《遠在咫尺：羅智成攝影之旅》（臺北：聯經，2016）。

羅智成：《問津》（臺北：聯合文學，2019）。

二、期刊及單篇論文

司馬不平：〈不太高明的吶喊——看政論雜誌上的詩〉。《陽光小集》第九期（1982年6月），頁40-52。

本刊：〈編輯報告及稿約〉。《兩岸》第一期（1986年12月），頁160。

本刊：〈編後記〉。《兩岸》第二期（1987年5月），頁176。

本刊：〈廣告詩人王定國〉。《兩岸》第三期（1987年10月），頁176-177。

本社：〈編輯室〉。《曼陀羅》第四期（1988年6月），頁135-136。

李永平：〈畫中詩〉。《兩岸》第二期（1987年5月），頁20-21。

徐望雲：〈踏花歸去馬蹄香──「漢廣」瑣憶〉。《兩岸》第一期（1986年12月）頁88-95。

陳建忠、沈芳序編：〈臺灣新文學雜誌之年表初編（一九二五～二〇〇三）〉。《文訊雜誌》第二一三期（2003年7月），頁119-137。

編按：〈詩人坊〉。《兩岸》第二期（1987年5月），頁6。

編輯室：〈年輕出擊〉。《薪火》第一期（1987年6月），頁4。

鄭毓瑜：〈抒情、身體與空間──中國古典文學研究的一個反思〉，《淡江中文學報》第十五期（2006年12月），頁257-272。

謬詩：〈得罪了！詩人──寫在「每季新詩評介」之前〉。《陽光小集》第五期（1981年3月），頁22-24。

顏艾琳：〈詩壇非常「後」現代〉。《薪火》第七期（1989年3月），頁4-7。

三、博碩士論文

林貞吟：《現代詩的街頭運動──「陽光小集」研究》（新竹：玄奘人文社會學院中國語文研究所碩士論文，2004）。

張悅華：《二魚版臺灣年度詩選研究（2003-2016）》（桃園：國立中央大學中國文學系在職專班碩士論文，2017）。

陳全得：《臺灣「現代詩」研究》（臺北：國立政治大學中國文學研究所博士論文，1999）。

陳昱文：《臺灣香港一九七〇年代現實主義文學傳播現象──以「龍族」、「羅盤」詩刊為例》（花蓮：國立東華大學華文文學系碩士論文，2014）。

解昆樺：《傳統、國族、公眾領域──臺灣一九七〇年代新興詩社研究》（臺北：國立臺灣師範大學國文學系博士論文，2008）。

蔡明諺：《龍族詩刊研究──兼論七〇年代臺灣現代詩論戰》（新竹：國立清華大學中國文學系碩士論文，2002）。

蔡欣倫：《1970年代前期臺灣新世代詩人群研究》（桃園：國立中央大學中國文學研究所碩士論文，2006）。

盧茟伶：《爾雅版年度詩選研究》（臺北：國立臺北教育大學語文與
　　創作學系碩士論文，2011）。

四、報紙文章

孟樊：〈瀕臨死亡的現代詩壇〉，《自立早報・副刊》（1988年12月
　　26-28日）。

五、網站資料

國立臺灣文學館「臺灣文學期刊目錄資料庫」。http://dhtlj.nmtl.gov.tw
蕭歆諺：〈臺灣現代詩迎來「文藝復興」時代〉，《遠見》雜誌數位
　　版，2018年6月6日。https://www.gvm.com.tw/article.html?id=44592

附錄
本書作者編著書目

一、專書

1. 《破格：臺灣現代詩評論集》（臺北：五南，2020）。
2. 《逆音：現代詩人作品析論》（臺北：新學林，2019）。
3. 《異語：現代詩與文學史論》（臺北：秀威經典，2017）。
4. 《臺灣新詩評論：歷史與轉型》（臺北：新銳文創，2012）。
5. 《臺灣現代詩史：批判的閱讀》（臺北：巨流，2002）。
6. 《臺灣文學的當代視野》（臺北：文津，2002）。

二、主編

1. 《大編時代：文學、出版與編輯論》（臺北：秀威，2020）。
2. 《交會的風雷：兩岸四地當代詩學論集》（臺北：允晨，2018）。
3. 《淡江詩派的誕生》（臺北：允晨，2017）。
4. 《血仍未凝：尹玲文學論集》（臺北：釀出版，2016）。
5. 《臺灣文學史的省思》（北縣：富春，2002）。
6. 《文學經典與臺灣文學》（北縣：富春，2002）。

三、合編

1. 《臺灣一九七〇世代詩人詩選集》（與陳皓合編，新北：景深空間設計，2018）。
2. 《輕裝詩集》（辛鬱遺作，與封德屏合編，新北：斑馬線文庫，2018）。
3. 《與歷史競走：臺灣詩學季刊社25週年資料彙編》（與林于弘合編，臺北：秀威經典，2017）。
4. 《閱讀向陽》（與黎活仁、白靈合編，臺北：秀威資訊，2013）。
5. 《閱讀楊逵》（與黎活仁、林金龍合編，臺北：秀威資訊，

2013）。

6. 《閱讀白靈》（與黎活仁、楊慧思合編，臺北：秀威資訊，
2012）。

7. 《逾越：臺灣跨界詩歌選》（與徐學合編，福州：海風，
2012）。

8. 《跨國界詩想：世華新詩評析》（與楊松年合編，臺北：唐山，
2003）。

四、策劃書系

1. 「臺灣七年級文學金典」（臺北：釀出版，2011）。
2. 「馬華文學獎大系」（臺北：秀威資訊，2011）。
3. 「馬森文集」（臺北：秀威資訊，2010）。
4. 「菲律賓華文風」（臺北：秀威資訊，2009）。
5. 「林燿德佚文選」（北縣：華文網，2001）。

國家圖書館出版品預行編目資料

破格：台灣現代詩評論集／楊宗翰著. --
初版. -- 臺北市：五南, 2020.07
　　面；　公分.
ISBN 978-986-522-005-1（平裝）

1.臺灣詩　2.新詩　3.詩評

863.21　　　　　　　　　109005744

1XKH　現代文學系列

破格：臺灣現代詩評論集

作　　　者 ― 楊宗翰

發 行 人 ― 楊榮川

總 經 理 ― 楊士清

總 編 輯 ― 楊秀麗

副總編輯 ― 黃惠娟

責任編輯 ― 高雅婷

校　　對 ― 蘇禹璇

封面設計 ― 王麗娟

出 版 者 ― 五南圖書出版股份有限公司

地　　址：106台北市大安區和平東路二段339號4樓

電　　話：(02)2705-5066　　傳　真：(02)2706-6100

網　　址：http://www.wunan.com.tw

電子郵件：wunan@wunan.com.tw

劃撥帳號：01068953

戶　　名：五南圖書出版股份有限公司

法律顧問　林勝安律師事務所　林勝安律師

出版日期　2020年7月初版一刷

定　　價　新臺幣260元

經典永恆・名著常在

五十週年的獻禮 —— 經典名著文庫

五南，五十年了，半個世紀，人生旅程的一大半，走過來了。

思索著，邁向百年的未來歷程，能為知識界、文化學術界作些什麼？

在速食文化的生態下，有什麼值得讓人雋永品味的？

歷代經典・當今名著，經過時間的洗禮，千錘百鍊，流傳至今，光芒耀人；

不僅使我們能領悟前人的智慧，同時也增深加廣我們思考的深度與視野。

我們決心投入巨資，有計畫的系統梳選，成立「經典名著文庫」，

希望收入古今中外思想性的、充滿睿智與獨見的經典、名著。

這是一項理想性的、永續性的巨大出版工程。

不在意讀者的眾寡，只考慮它的學術價值，力求完整展現先哲思想的軌跡；

為知識界開啟一片智慧之窗，營造一座百花綻放的世界文明公園，

任君遨遊、取菁吸蜜、嘉惠學子！